声律启蒙今读

〔清〕车万育　撰

子张　评注

ZHEJIANG UNIVERSITY PRESS
浙江大学出版社

前言

　　《词源》"对仗"词条下有两个解释,其一指唐朝的奏事制度:"皇帝御正殿,设仪仗,中书、门下及三品官奏事,御史弹劾百官,都是对着仪仗上奏,称对仗奏事。"其二:"诗赋等的对偶,也叫对仗。"

　　至于这两件事之间的关联,以及"对偶"是不是就等同于"对仗",《词源》就没做更清晰的解释。不妨再看看语言学家王力先生的解释:"对仗,大致说起来,就是语言的排偶,或骈俪。'仗'字的意义是从'仪仗'来的;'仪仗'两两相对,所以两两相对的语句叫做'对仗'。"这里,首先把语言对仗和朝仪对仗的关系说明白了,其次,也同样将对仗与排偶、骈俪联系起来。不过,王力先生还没说完。接下来,他先是指出对仗只是"排偶的一种",随之便提到了二者之间的不同:"近体诗里的对仗,却和古体诗里的骈语颇有不同。""近体诗的对仗之所以不同于普通的骈语,因为它有两个特点:第一,它一定要避同字,不能再像'去者日以疏,来者日以亲';第二,它一定要讲究平仄相对(平对仄,仄对平),不能再像'著论准过秦,作赋拟子虚'。"阐明这两个特点的一段话,才是对仗最重要的地方,可惜《词源》《辞海》都忽略了这两个特点。

　　除了这两个特点,对仗还有"工对"、"邻对"、"宽对"等种种讲究和避忌,这些也便是学写近体诗对仗和"对联"的基本内容了。

　　不过,这些较为专门的知识,要直接讲给启蒙期的孩子,却未必能让接受者有效地掌握。反而不如拿长期通行于古代社会的相关蒙学读物给初学者入门。《声律启蒙》正是这样既专门又易读的一种读物。

这本不足一万字的小册子，正如其书名所标示的，是关于汉语声律启蒙方面的读物，具体说就是"属对"（对联）训练的基础读物。但它没有从正确却枯燥的知识入手，而是着眼于"对"，即直接编写出从单字对、两字对、三字对、五字对、七字对到十字、十一字对的对仗"样板"，将所有关于对仗的知识都藏在这些的"样板"中。比如前面说到的避同字、平仄相对，以及词性相对、末字仄起平落、力避"合掌"对等等。这就是说，学写对联，或学写近体诗的对仗，不从一般知识入手，而从熟读"样板"开始。读得熟了，再稍经点拨，自然就会有恍然大悟之感。

照清代纪晓岚《四库全书总目》所说，《声律启蒙》本为元代祝明（字文卿，号素庵）所著，分上下两卷，上平声15韵，下平声15韵，共30个韵部，每个韵部各包含3个韵组，每个韵组又包含10个韵对，这样算下来就是90个韵组共900个韵对，其中单字对180个，两字对360个，三字对、五字对、七字对和十字以上对各有90个。不过祝明所著原本在后来历经增删和调整，现在通行的多为署名"衡山聂铣敏蓉峰重订、湖南邵阳人车万育双亭著、湘潭夏大观枫江笺"的本子，正题为《声律启蒙》，内页则标示为《声律启蒙撮要》。本次评注所采用的便是这个通行本。

本次评注，含原文、注释、点评三部分内容。旧注一般只注典故，不注音律知识，是因为古代塾师对音律都很熟悉，可以信手拈来，今日则不同，普通读者对音律并不熟悉，故仅仅着眼于生字词和典故作注，就未必周全。故而本书注释在参照旧注基础上有所增减和修改，除了对相关典故的解释，也在点评部分对这些韵对的内容和声律特点做出简单说明，目的是提醒阅读者对这些声律特点稍加注意。另外，在点评中也注意到对仗种类的归纳，目的是让读者意会到这一点，加强在属对训练中的自觉。

最近阅读现代语文教育家张志公先生《我和传统语文教育研究》一文，注意到他对《声律启蒙》这本古代蒙学读物另一侧面的理解和评价，觉得很有道理。在他看来，属对训练的意义并不仅仅局限于学习近体诗的对仗，实质上还包含着相当全面、相当严格的句子训练的内容，是学生由识字到作文中间必经的一环。他引述清人崔学古的话把属对训练称为"通文理捷径"。如此看来，对于《声律启蒙》，或许我们的思路还须进一步打开，不要把它的意义限定得过于狭窄。

评注者力求正确理解原文的奥妙，但限于水平，一定仍存在这样那样的不足，恳请方家不吝赐教，在此先行表示谢意。最后要说的是，本书的编撰十分偶然，是在很仓促的情况下答应为朋友"救急"的结果，不意后来出现一点变故，拖到今日才又重出闺阁，真是始料未及的事。二〇一七年六月廿八日初稿，二〇一八年二月十七日校阅毕，二〇二〇年七月二日重订于杭州午山。

子张

目 录

卷上

东 第一章

1

【原文】

云对雨，雪对风，晚照 [1] 对晴空。

来鸿对去燕 [2]，宿鸟 [3] 对鸣虫。

三尺剑 [4]，六钧弓 [5]，岭北对江东。

人间清暑殿 [6]，天上广寒宫 [7]。

两岸晓烟杨柳绿，一园春雨杏花红。

两鬓风霜，途次 [8] 早行之客；

一蓑烟雨，溪边晚钓之翁。

【字词解释】

1. 晚照：夕阳余晖。唐代诗人杜甫《秋野》之四有句："远岸秋沙白，连山晚照红。"

2. 来鸿去燕：（1）比喻行踪漂泊不定的人，清代诗人黄景仁《稚存从新安归作此寄之》诗："来鸿去燕江干路，露宿风飞各朝暮。"又如清代魏秀仁小说《花月痕》第 26 回："如何窈窕如花女，也学来鸿去燕飞。"（2）比喻书信往来，今人恽代英有书信集《来鸿去燕录》。

3. 宿鸟：归巢栖息的鸟。唐代吴融《西陵夜居》诗句："林风移宿鸟，池雨定流萤。"宋代苏轼《和人回文》诗之四："烟锁竹枝寒宿鸟，水沉天色雾横参。"

4. 三尺剑：古剑长凡三尺（参考汉尺的长度 1 汉尺 ≈ 0.231 米，三尺约合 0.693 米），故称。《史记·高祖本纪》："吾以布衣提三尺剑取天下，此非天命乎？"唐代杜甫《重经昭陵》诗："风尘三尺剑，社稷一戎衣。"

5. 弓：射箭或发弹丸的器具。六钧弓：《左传·定公八年》："士皆坐列，曰：'颜高之弓六钧。'皆取而传观之。"杜预注："颜高，鲁人。三十斤为钧，六钧百八十斤。古称重，故以为异强。"意谓张满弓用力六钧，后因以指强弓。

6. 清暑殿：清暑殿为目前史料所见六朝华林园历代营造史上第一座大型有名建筑。据说宋孝武帝刘骏、江夏王刘义恭及何尚之等人就专门作过《华林清暑殿赋》，故《景定建康志》卷21晋清暑殿条考证直接说："《晋书》（卷9《孝武帝纪》）太元二十一年正月，起清暑殿于华林园。"

7. 广寒宫：传说唐代唐玄宗于八月望日游月中，见一大宫府，榜曰："广寒清虚之府。"见《龙城录·明皇梦游广寒宫》。后人因称月宫为"广寒宫"。

8. 途：旅途。次：停留，此处指停留之处。途次：旅途中住宿处。

【点评】

这是上平声"一东"韵部的第一组韵对。由两个一字对、四个二字对、一个三字对、一个五字对、一个七字对和一个十字对组成，以后各组也都是如此。这一组押韵的字分别是"风"、"空"、"虫"、"弓"、"东"、"宫"、"红"、"翁"。所用的词汇，多数是自然景物，少数为典故，如"清暑殿"、"广寒宫"，不是太难理解。不过作为对仗，需要大致了解所用词汇在此类方面的对应情况。一般而言，对仗的范畴大体都在名词之内，而名词又可以细分为若干类，同一种类相为对仗的叫作"工对"，否则就称之为"邻对"或"宽对"。

在这一组中，云—雨、雪—风、晚照—晴空都属于天文类的名词，来鸿—去燕、宿鸟鸣虫属于鸟兽虫鱼类的名词，岭北—江东属于地理、方位类的，剑—弓属于器物类，清暑殿—广寒宫属于宫室类等等。除了单字、单词相对的，三字对以上的对仗都是各种类别的名词组合在一起的。比如"两岸晓烟杨柳绿"和"一园春雨杏花红"，就是由两—一、岸—园、晓烟—春雨、杨柳—杏花、绿—红若干组单字或单词两两对应而成的。况且，这些单字或单词，还同时有平仄的对应，所以阅读的时候要仔细辨析。

2

沿对革[1]，异对同，白叟对黄童[2]。

江风对海雾，牧子对渔翁。

颜巷陋[3]，阮途穷[4]，冀北对辽东[5]。

池中濯足水，门外打头风[6]。

梁帝讲经同泰寺[7]，汉皇置酒未央宫[8]。

尘虑萦心，懒抚七弦绿绮[9]；

霜华满鬓，羞看百炼青铜[10]。

【字词解释】

1. 沿：沿袭。革：变革。沿革：沿袭旧制或有所变革，沿、革二字相对。

2. 白叟：指白发老人。黄童：指黄发儿童。古时两词往往连用，指老人和儿童，如唐代韩愈《元和圣德诗》："黄童白叟，踊跃欢呼。"

3. 颜巷陋：颜回所居住的陋巷。《论语·雍也》记孔子称赞其弟子颜回语："贤哉，回也！一箪食，一瓢饮，在陋巷，人不堪其忧，回也不改其乐。"

4. 阮途穷：阮指晋代名士阮籍，途穷指无路可走。语出《晋书》："籍……时率意独驾，不由径路，车迹所穷，辄恸哭而反。"

5. 冀北、辽东：均为古地名。

6. 濯足水：语见古代春秋战国时期《孺子歌》："沧浪之水清兮，可以濯我缨。沧浪之水浊兮，可以濯我足。"打头风：指逆风。唐代白居易《白氏长庆集·小舫》诗句："黄柳影笼随棹月，白蘋香起打头风。"

7. 梁帝：梁武帝萧衍，长于文学、乐律、书法，好佛。同泰寺：亦称鸡鸣寺，是南京最古老的梵刹之一。时梁武帝常到该寺讲经，并先后数次到寺内为僧，人称"皇帝菩萨"。

8. 汉皇：汉高祖刘邦。未央宫：西汉时宫殿名，故址在今陕西省西安市西北长安故城内西南角。《汉书·高帝纪下》记载："高祖天下已定，置酒宴群臣于未央宫……"

9. 尘虑：俗念。绿绮：古琴名，为司马相如所有，后代指古琴。李白《听蜀僧濬弹琴》："蜀僧抱绿绮，西下峨眉峰。"

10. 霜华：本指白色的霜，代指老人的白发。青铜：指古代的青铜镜。

【点评】

这是上平声"一东"韵部的第二组韵对。也是由两个一字对、四个二字对、一个三字对、一个五字对、一个七字对和一个十字对组成，押韵的字分别是"同"、"童"、"翁"、"穷"、"东"、"风"、"宫"、"铜"。从词汇的类别来看，这一组中的沿—革属于人事类，江风—海雾属于地理、天文类，白叟—黄童、牧子—渔翁属于人伦类，不一而足。

需要指出的是，这些对韵是从练习对仗的角度编写的，多少带些游戏性质，不一定有什么特别的意义，比如"梁帝讲经同泰寺，汉皇置酒未央宫"一联，虽然也涉及两个历史典故，但这两个典故之间并没有什么意义上的关联，每个典故也没有特别重大的意义，所以不必过度解释，只把它们看作对仗训练即可。最后一个对仗也是如此，第一句是说为日常俗务影响而懒得抚琴了，第二句说因为年老白头而羞于照镜子，比较有趣些，但也不必刻意从中寻求什么特别的寄托，侧重于了解其对仗形式的构成就可以了。

3

【原文】

贫对富，塞对通[1]，野叟对溪童。

鬓皤对眉绿[2]，齿皓对唇红。

天浩浩，日融融，佩剑对弯弓。

半溪流水绿，千树落花红。

野渡燕穿杨柳雨，芳池鱼戏芰荷风[3]。

女子眉纤，额下现一弯新月；

男儿气壮，胸中吐万丈长虹。

【字词解释】

1. 此处"塞"与"通"均作形容词解，塞：满，窒，古音属入声十三"职"。通：没有阻塞，可以穿过。

2. 皤：白色。鬓皤：指年老发白。眉绿：形容年少。

3. 杨柳雨：或指春天的雨，杨柳萌芽，表示春季来临。芰荷：菱叶与荷叶。芰荷风：或指夏天的风，芰与荷，均为夏季植物，代指夏天。

【点评】

　　这是上平声"一东"韵部的第三组韵对，形式与前后各组相同。只是这一组少用典故，而多自然、具体事物，比较容易理解。贫富相对，塞通相对，野叟溪童、鬓皤眉绿、齿皓唇红、佩剑弯弓，四个二字对，也都平仄谐和，读来顺口。"天浩浩，日融融。""半溪流水绿，千树落花红。""野渡燕穿杨柳雨，芳池鱼戏芰荷风。"这三则更是充满自然田园气息，一派生气盎然之景，令人向往。最后一则写男女不同形貌、不同神采，分别以新月般的纤眉和长虹般的气势比喻，特别生动形象。

第二章

冬

1

春对夏，秋对冬，暮鼓对晨钟。

观山对玩水，绿竹对苍松。

冯妇虎，叶公龙[1]，舞蝶对鸣蛩[2]。

衔泥双紫燕，课蜜[3]几黄蜂。

春日园中莺恰恰，秋天塞外雁雍雍[4]。

秦岭云横，迢递八千远路；

巫山雨洗，嵯峨十二危峰[5]。

【字词解释】

1. 冯妇虎：指孟子记载的冯妇搏虎之事。《孟子·尽心下》："晋人有冯妇者，善搏虎，卒为善士。则之野，有众逐虎，虎负嵎，莫之敢撄。望见冯妇，趋而迎之。冯妇攘臂下车，众皆悦之。其为士者笑之。"

叶公龙：指古代成语中的叶公好龙之事。汉代刘向《新序五·杂事》记载："叶公子高好龙，钩以写龙，凿以写龙，屋室雕文以写龙。于是天龙闻而下之，窥头于牖，施尾于堂。叶公见之，弃而还走，失其魂魄，五色无主。是叶公非好龙也，好夫似龙而非龙者也。"

2. 鸣蛩：指蟋蟀。

3. 课蜜：采蜜。金代元好问《赠休粮张炼师》诗："中林宴坐人不知，野鹿衔花蜂课蜜。"

4. 恰恰：形容莺的叫声频繁不断之意，唐代杜甫《江畔独步寻花·其六》："留连戏蝶时时舞，自在娇莺恰恰啼。"雍雍：形容大雁叫声和谐。

《诗经·匏有苦叶》："雍雍鸣雁，旭日始旦。"

5. 秦岭、巫山：皆为地名。迢递：遥远。元代刘君锡《来生债》第二折："怎熬的程途迢递，更和那风雨潇疏。"嵯峨：形容山势高峻。

【点评】

这是上平声"二东"韵部的第一组韵对。首先，在现代汉语中，"东"、"冬"二字同音，但在中古音中则不同音，故在《佩文诗韵》中分属两个不同的韵部。在这一组韵对中，押韵的字是"冬"、"钟"、"松"、"龙"、"蛩"、"蜂"、"雍"、"峰"。

仍然是由两个一字对、四个二字对、一个三字对、一个五字对、一个七字对和一个十字对组成。春—夏，秋—冬，都属于时令类名词。暮鼓—晨钟，观山—玩水，绿竹—苍松，舞蝶—鸣蛩，则有器物、人事、地理、草木、虫鱼之分。冯妇虎—叶公龙，皆有典故。衔泥双紫燕—课蜜几黄蜂，可以分解为衔泥—课蜜、双—几、紫燕—黄蜂。接下来的七字对和十字对也可以分解开看，便于分析其对仗的工整。

2

【原文】

明对暗，淡对浓，上智对中庸。

镜奁对衣笥 [1]，野杵对村舂 [2]。

花灼烁，草蒙茸 [3]，九夏对三冬。

台高名戏马，斋小号蟠龙 [4]。

手擘蟹螯从毕卓，身披鹤氅自王恭 [5]。

五老峰高，秀插云霄如玉笔；

三姑石大，响传风雨若金镛 [6]。

【字词解释】

1. 奁：镜奁：古代汉族女子存放梳妆用品的镜箱。衣笥：盛衣服的竹器。

2. 杵：舂米或捶衣的木棒。舂：把东西放在石臼或乳钵里捣掉皮壳或捣碎，也可作名词，指舂米的器具。

3. 灼烁：鲜明光彩貌。蒙茸：草杂乱的样子。

4. 戏马台：徐州古迹，公元前 206 年，盖世英雄项羽灭秦后，自立为西楚霸王，定都彭城，于城南里许的南山上，构筑崇台，以观戏马，故名戏马台。蟠龙斋：东晋大将桓温所居斋室。《晋书·刘毅传》："初，桓温起斋，画龙于上，号蟠龙斋。后桓玄篡晋，刘毅起兵讨玄，至是居之，盖毅小字蟠龙。"

5. 毕卓，字茂世，东晋时官员，性嗜酒。南朝宋刘义庆《世说新语·任诞》记载："毕茂世云：一手持蟹螯，一手持酒杯，拍浮酒池中，便足了一生。"擘：同掰。王恭，字孝伯，东晋大臣。《世说新语·企羡》记载："孟昶未达时，家在京口，尝见王恭乘高舆，被鹤氅裘。于时微雪，昶于篱间窥之，叹曰：'此真神仙中人。'"

6. 五老峰：山名，江西庐山、山西永济、浙江杭州、福建厦门皆有五老峰，此处或指庐山五老峰。三姑石，山名，在今福建武夷山市西南武夷一曲。镛：大钟，古代的一种乐器。

【点评】

这是上平声"二东"韵部的第二组韵对，共十个对仗，字句对应工整，押韵的字分别是"浓"、"庸"、"春"、"茸"、"冬"、"龙"、"恭"、"镛"。

除了字词，有些对仗涉及一些文史、天文、地理知识或掌故。比如"上智"与"中庸"、"九夏"与"三冬"、"戏马台"与"蟠龙斋"、"毕卓"与"王恭"以及"五老峰"与"三姑石"，也可以借助相关工具书做些了解。

"上智"，在先秦诸子著作中常出现，人们比较熟悉的是《论语·阳货》中孔子的名言："唯上智与下愚不移。"另见《孙子·用间》："故惟明君贤将，能以上智为间者，必成大功。"《韩非子·有度》也有句："上智捷举中事，必以先王之法为比。"《韩非子·五蠹》还有："微妙之言，上智所难知也。"一般而言，"上智"是指智力特出的人，类似天才或超人。日本东京有一所著名的上智大学，其校名即出于此，在日文中也有"最高智慧"的含义。

"中庸"更是中国传统哲学的重要概念。《论语·雍也》篇："中庸之为德也，其至矣乎！"相传孔子的孙子子思著《中庸》一书，到南宋又有朱熹把《中庸》同《大学》、《论语》、《孟子》合编为"四书"，并作了注解，引用哲学家程颐的话解释"中庸"："子程子曰：'不偏之谓中，不易之谓庸。中者，天下之正道，庸者，天下之定理。'"

　　"九夏"、"三冬"都是关于时令的词语，"九夏"，指夏季的三个月，共九十天。南朝梁萧统《梁昭明文集·三·锦带书》："三伏渐终，九夏将谢。"唐太宗《赋得夏首启节》诗句："北阙三春晚，南荣九夏初。""三冬"既可以指三个冬季（三年），也可以指冬季的三个月，即冬季，与"九夏"对应，当为后者。唐代杨炯《李舍人山亭诗序》："三冬事隙，五日归休。"清代顾炎武《寄李生云霑》诗："岁晚漳河朔雪霏，仆夫持得尺书归；三冬文史常堆案，一室弦歌自掩扉。"

3

仁对义，让对恭，禹舜对羲农[1]。

雪花对云叶，芍药对芙蓉。

陈后主，汉中宗[2]，绣虎对雕龙[3]。

柳塘风淡淡，花圃月浓浓。

春日正宜朝看蝶，秋风那更夜闻蛩。

战士邀功，必借干戈成勇武；

逸民适志，须凭诗酒养疏慵[4]。

【字词解释】

1. 禹舜羲农：传说中的中国上古帝王夏禹、虞舜、伏羲、神农的简称。

2. 陈后主，汉中宗都是历史人物，陈后主（553年—604年），名叔宝，字元秀，小字黄奴，南北朝时期陈朝最后一位皇帝。汉中宗刘询（前91年—前49年），原名刘病已，汉武帝刘彻曾孙，西汉第十位皇帝。

3. 绣虎：《类说》卷四引《玉箱杂记》；"曹植七步成章，号绣虎。"绣，谓其词华隽美；虎，谓其才气雄杰。后遂以"绣虎"称擅长诗文、词藻华丽者。雕龙：比喻善于修饰文辞或刻意雕琢文字。语出《史记·孟子荀卿列传》："驺衍之术迂大而闳辩，奭也文具难施；淳于髡久与处，时有得善言。故齐人颂曰：'谈天衍，雕龙奭，炙毂过髡。'"

4. 邀功：求功。干戈，均为古代兵器。逸民：古代称节行超逸、避世隐居的人。《论语·微子》："逸民：伯夷、叔齐、虞仲、夷逸、朱张、柳下惠、少连。"适志：自快得意。疏慵：疏懒；懒散。唐代元稹《台中鞫狱忆开元观旧事》诗："疏慵日高卧，自谓轻人寰。"

【点评】

这一组十个对子，一上来就是两个比较抽象的单字对：仁—义，让—恭，都属于中国传统礼教的范畴，仁义礼智信，温良恭俭让，见出《声律启蒙》在内容上的特点之一就是对传统文化、道德观、价值观的自觉传播。这也是它能够长期受到普通民众欢迎而成为蒙学经典之一的原因。从这一点上说，阅读《声律启蒙》，就不仅仅只是接受声律方面的启蒙训练，同时也就在轻松的气氛中走进了传统文化的殿堂里，这是非常有意思的。

再比如禹舜羲农这些传说中的上古帝王，陈后主、汉中宗、曹植历史人物和有关他们的掌故，以及最后的十字对里涉及的"战士"和"逸民"的有趣对照，其实也都是中国传统文化的一些侧面，而又以韵语出之，读来朗朗上口，难怪广为流传。

"战士邀功，必借干戈成勇武"，写出了人积极进取、勇于立功的一面，让人联想到屈原《国殇》里的诗句："操吴戈兮被犀甲，车错毂兮短兵接。旌蔽日兮敌若云，矢交坠兮士争先……""逸民适志，须凭诗酒养疏慵"一句，则又表现出古人逍遥适志、颐养性情的潇洒，令人想到陶渊明的诗句："采菊东篱下，悠然见南山。"非常耐人寻味。

第三章 江

1

【原文】

楼对阁，户对窗，巨海对长江。

蓉裳对蕙帐[1]，玉斝对银釭[2]。

青布幔，碧油幢，宝剑对金釭[3]。

忠心安社稷，利口覆家邦[4]。

世祖中兴延马武，桀王失道杀龙逢[5]。

秋雨潇潇，熳烂黄花都满径；

春风袅袅，扶疏绿竹正盈窗。

【字词解释】

1. 蓉裳：采集荷花以为裙裳。语出屈原《离骚》："制芰荷以为衣兮，集芙蓉以为裳。"宋代谢枋得诗句："兰佩蓉裳骨相寒"。蕙帐：帐的美称。南朝齐孔稚珪《北山移文》："蕙帐空兮夜鹄怨，山人去兮晓猿惊。"

2. 玉斝：最初是指玉制的酒器。后来引申为酒杯的美称，有时也引申为美酒。银釭：银白色的灯盏、烛台。金代董解元《西厢记诸宫调》卷四："壁上银釭半明灭，床上无眠，愁对如年夜。"

3. 碧油幢：青绿色的油布车帷。宋代陆游《六月二十六日夜梦赴季长招饮》诗："安得此欢真入眼，碧油幢拥主人翁。"金釭：古代器物，所指不一。一说指古代宫殿壁间横木上的饰物，一说指古代照明用的灯盏。

4. 利口：敏捷的口才；司马迁《史记·仲尼弟子列传》："子贡利口巧辞。"此处与忠心相对应，表示徒逞巧舌利口之害，"覆家邦"，使家邦倾覆。

5.世祖：东汉光武帝刘秀。马武：字子张，东汉名将。桀王：夏桀。
逢：龙逢：中国历史上的第一个忠臣，名字叫关龙逢。此句涉及两个
典故，其一为东汉光武帝刘秀和名将马武的故事，其二为夏朝末年中
国第一位以死谏君的忠臣关龙逢与暴君夏桀的故事。一个是君臣相
得，一个是暴君杀臣，两相对照，各有意义。

【点评】

　　这是上平声"三江"韵部的第一组韵对，同样也是包含两个一字
对、四个二字对、一个三字对、一个五字对、一个七字对和一个十字
对，只是押的韵都属于"江"的韵部，如"窗"、"江"、"帐"、"钉"、
"幢"、"缸"、"邦"、"逢"、"窗"。

　　相对应的字词各有其类，如楼—阁、户—窗属于宫室类，巨海—
长江属于地理类，蓉裳—蕙帐、青布幔—碧油幢、属于衣饰类，玉
辔—银钉、宝剑—金缸属于器物类，忠心—利口属于人事类，社稷—
家邦属于社会类，"世祖中兴延马武，桀王失道杀龙逢"一对包含四个
人名。

　　含有道德训诫的是"忠心安社稷，利口覆家邦"和"世祖中兴延
马武，桀王失道杀龙逢"两个对仗。前面一个讲的是两种相反的品质
对国家社稷的影响，表彰了"忠心"，批评了"利口"；后面一个讲了历
史上有名的君臣相处故事，其实也包含着作者的态度。对于光武帝与
马武，作者用了"中兴"、"延"这样的正面评价，对于夏桀杀害关龙
逢，则用了"失道"、"杀"这样的字眼。当然，这也是历史上的一般
评价，作者取了认同态度。

　　最后的十字对，以秋雨潇潇对春风袅袅，时令上虽然隔得较远，
但用来作对仗训练是可以的，画面感也很强，有着盎然的生气。

2

【原文】

旌对旆¹，盖对幢，故国对他邦。

千山对万水，九泽对三江²。

山岌岌，水淙淙，鼓振对钟撞³。

清风生酒舍，白月照书窗。

阵上倒戈辛纣战，道旁系剑子婴降⁴。

夏日池塘，出没浴波鸥对对；

春风帘幕，往来营垒燕双双⁵。

【字词解释】

1. 旌：古代用羽毛装饰的旗子。旆：古代旗末端状如燕尾的垂旒，也泛指旌旗。下面的"盖"、"幢"指古代的车棚或帐幕。

2. 九泽三江："九泽"语出《广舆记》，"三江"语出《禹贡》，各指古代的水泽和江流。今以九泽三江喻兼容并包，海纳百川之意，如湖南理工学院校歌："浩瀚洞庭，汇九泽三江。岳阳楼下，聚四海俊良。"

3. 岌岌：高耸的样子。屈原《离骚》："高余冠之岌岌兮，长余佩之陆离。"淙淙：古音同江韵，流水的声音。鼓振钟撞：钟和鼓均为古代礼乐器，鼓可振，钟可撞，这里用作对仗。

4. 这两句用典，第一句用周武王和商纣王牧野之战的典故，当时周武王兵临朝歌，两军未交，纣王的乌合之众就掉转戈头"为王前驱"。第二句用秦王子婴向刘邦投降的典故，"道旁系剑"指在轵道亲自至刘邦军前投降，系剑即把剑解下来挂在道旁树上。

5.营垒：筑巢，与"浴波"对应。清代纳兰性德《浣溪沙》词之二："脂粉塘空遍绿苔，掠泥营垒燕相催。"

【点评】

这是上平声"三江"韵部的第二组韵对，十个对仗同前，押韵字"幢"、"邦""江"、"淙"、"撞"、"窗"、"降"、"双"都在"三江"韵部内。内容上，有的涉及器物，有的属于地理和地名，还有形容词"炭炭"、"淙淙"，还有历史知识。比较生动的是"清风生酒舍，白月照书窗"和"夏日池塘，出没浴波鸥对对；春风帘幕，往来营垒燕双双"。两对，需要注意的是"浴波"和"营垒"在这里不是单一性的名词，而是动宾结构的词，意思分别是在水波里洗浴和筑巢，浴是洗浴，营是营造。

3

【原文】

铢对两 ¹，只对双，华岳对湘江 ²。
朝车对禁鼓 ³，宿火对寒缸 ⁴。
青琐闼 ⁵，碧纱窗，汉社对周邦 ⁶。
笙箫鸣细细，钟鼓响拟拟 ⁷。
主簿栖鸾名有觉，治中展骥姓惟庞 ⁸。
苏武牧羊，雪屡餐于北海；
庄周活鲋，水必决于西江 ⁹。

【字词解释】

1. 铢、两二字，都是表示重量的单位，也指中国隋以前铸行的以铢、两为重量单位的货币，如半两、五铢等。两字常常并用，表示极轻微的分量。

2. 华岳：指华山，在陕西华阴境内。湘江：长江支流，是湖南省最大河流。

3. 朝车：古代君臣行朝夕礼及宴饮时出入用车。唐代于濆《古宴曲》："雉扇合蓬莱，朝车回紫陌。"禁鼓：设置在宫城谯楼上报时的鼓。《水浒传》第 56 回："早听得谯楼禁鼓，却转初更。"

4. 宿火：隔夜未熄的火，预先留下的火种。唐代郑綮《老僧》诗："日照四山雪，老僧门未开。冻瓶黏柱础，宿火陷炉灰。"寒缸：寒灯，寒夜里的孤灯。唐代白居易《不睡》诗："焰短寒缸尽，声长晓漏迟。"

5. 青琐闼：宫门的意思。青琐：原指装饰皇宫门窗的青色连环花纹，后借指宫廷；闼：门。

6. 这一句中汉社与周邦，分别指古代的汉朝和周朝，泛指国家社稷。

7. 拟拟：象声词，指钟鼓发出的声音，与笙箫声音的"细细"对应。

8. 这两句用典故，第一句说的是东汉仇览的故事。《后汉书·仇览传》记载：考城县令王涣，听到仇览用道德感化人，就委任仇览当主簿，他对仇览说："你听到陈元的过错，不治罪而感化他，莫非缺少鹰鹯那样的志向吗？"仇览回答："我以为鹰鹯不如鸾凤。"王涣听了很感佩，对仇览说："枳棘非鸾凤所栖，百里岂大贤之路！今日太学曳长裾，飞名誉，皆主簿后耳。以一月奉为资，勉卒景行。"第二句说的是三国时刘备手下的重要谋士庞统的故事。"治中展骥"语出陈寿《三国志·庞统传》："先主领荆州，以从事守耒阳令，在县不治，免官。吴将鲁肃遗主书曰：'庞士元非百里才也，使处治中、别驾之任，始当展其骥足耳。'"意思是说庞统（字士元）不是治理百里小邑的人才，让他担任治中、别驾这样的重任，才能发挥他的才干。民间有歇后语：庞统当知县——大材小用。

9. 这两句分别用苏武牧羊和庄周活鲋的典故。《汉书·苏武传》记载：苏武为汉使匈奴，为单于留，百般利诱而不降，囚地窖中，无饮食，"天雨雪，武啮雪，与毡毛并咽之，数日不死。匈奴以为神，乃徙武北海上无人处，使牧羝。曰：羝乳乃得归。"羝：公羊，只有公羊产出奶汁才放归苏武，而苏武始终不屈服，十九年后才返回汉朝。鲋即鲫鱼。《庄子·外物》篇有庄子讲述的寓言故事，路边车辙中有鲋鱼求助"斗升之水"，得到的回答却是："诺，我且南游吴越之王，激西江之水而迎子，可乎？"庄子用这个故事讽刺吝啬的监河侯只会说大话，开空头支票。

【点评】

这组韵对，有较多历史文化名词和典故，有些名词在今天已很少用到了，如重量单位"铢"，只在成语"锱铢必较"或泰国的货币"泰铢"中还能见到，"朝车"、"禁鼓"、"阃"等也是如此。还有四个历史故事，一个是东汉仇览，一个是三国庞统，着重说他们二人非凡的政治才干。另两个为庄周讲的寓言故事和历史上苏武牧羊的故事，虽说内容上并没有什么特别的关联，但作者以韵对的形式放在一起，倒也表现出作者运用文字的能力。

因为历史故事要用对仗的句子表达出来，是需要作者斟词酌句、仔细推敲一番的。一方面要准确传达出故事的内容，另一方面还要使所用的词汇在词性、平仄上一一对应，没有一定的语言文字和诗词写作功底，是有些难度的。而这两个对仗，把历史故事用最简练的文字加以表现，且又构成妙对，真是难为作者了。当然了，高度浓缩之后，要想一眼就看明白故事的内容，也不那么容易，比如"栖鸾名有览"、"展骥姓惟庞"将两个人的姓名简化为两个字隐藏于句中，今天的读者若不参考注解的确是很难看出端倪的，这也是难以两全的事吧？

第四章 支

1

【原文】

茶对酒，赋对诗，燕子对莺儿。

栽花对种竹，落絮对游丝。

四目颉，一足夔[1]，鸲鹆对鹭鸶[2]。

半池红菡萏，一架白荼蘼[3]。

几阵秋风能应候，一犁春雨甚知时。

智伯恩深，国士吞变形之炭；

羊公德大，邑人竖堕泪之碑[4]。

【字词解释】

1. 这个三字对中包含两个人名，"颉"即仓颉，古籍记载仓颉是黄帝时期造字的左史官，有双瞳四个眼睛，天生睿德，观察星宿的运动趋势、鸟兽的足迹，依照其形象首创文字，革除当时结绳记事之陋，开创文明之基，因而被尊奉为"文祖仓颉"。夔：是古代传说中一条腿的怪物。《山海经·大荒经》记载："东海中有流波山，入海七千里。其上有兽，状如牛，苍身而无角，一足，出入水则必风雨，其光如日月，其声如雷，其名曰夔。"

2. 鸲鹆：八哥的别称。鹭鸶：白鹭，鹭科的鸟类。

3. 这个对仗中含有两种植物名称，菡萏：荷花的别称。荼蘼：又名酴醾、悬钩子蔷薇。落叶或半常绿蔓生灌木，初夏开花，花白色。

4. 最后的十字对也用了两个典故，"智伯恩深，国士吞变形之炭"中的"国士"，指战国时晋人豫让。豫让为报答智伯知遇之恩，漆身为厉，吞炭为哑，改变声音形貌，矢志复仇，事败而死。比喻舍身酬报知己或雪耻复仇。"羊公德大，邑人竖堕泪之碑"中的"羊公"，指的是魏晋时的著名战略家、政治家和文学家羊祜。晋代魏后司马炎有吞吴之心，乃命羊祜坐镇襄阳，都督荆州诸军事。在之后的十年里，羊祜屯田兴学，以德怀柔，深得军民之心。他死后，民为立碑岘山，看见他墓碑的百姓都会流泪，所以称之为堕泪碑。

【点评】

这组韵对，除了两个涉及历史知识的典故，其他八个韵对所用的词汇都与自然风物和日常生活相关，描绘出一幅幅自然经济背景下农耕生活的画面，读来很是亲切温馨。

开始两个单字对，拈出古代文人生活的几个要素：茶和酒，赋和诗，既一一相对，又的确是古代文士重要的生活内容，只要想想陶渊明、苏东坡，我们就会明白这样的生活在古代中国的文人那里是多么具有普遍性。现代著名的学者林语堂博士在他那本《生活的艺术》中，对这些有过详尽的介绍和描绘，比如说到"茶"，他就说："特昆雪所说的话很对，他说'茶永远是聪慧的人们的饮料'。但中国人则更进一步，而以它为风雅隐士的珍品。"而他认为陶渊明便是这样一位"无忧无虑的、心地坦白的、谦逊俭朴的乡间诗人，一个智慧而快乐的老人"。

在这样的生活氛围中，燕子和莺儿，栽花和种竹，落絮和游丝，鸲鹆和鹭鸶，红色的菡萏和白色的荼蘼，几阵应着节候的秋风，一犁懂得时令的春雨，就都是令人心旷神怡的景致了。

2

【原文】

行对止，速对迟，舞剑对围棋。

花笺对草字¹，竹简对毛锥²。

汾水鼎，岘山碑³，虎豹对熊罴⁴。

花开红锦绣，水漾碧琉璃。

去妇因探邻舍枣，出妻为种后园葵⁵。

笛韵和谐，仙管恰从云里降；

橹声咿轧⁶，渔舟正向雪中移。

【字词解释】

1. 花笺、草字，在这里是作为对仗出现的。笺：指精致华美，尺幅较小的纸。笺纸用作书札，称"信笺"；用以题咏写诗，名为"诗笺"，"花笺"，精致华美的信笺、诗笺。草字：指草书，汉字字体的一种。

2. 竹简：战国至魏晋时代的书写材料，是削制成的狭长竹片（也有木片），竹片称简。毛锥：指毛笔。

3. 汾水鼎：《史记》记载，汉武帝元鼎四年（前113年），汾阴有个叫锦的巫师在祠旁为民祈祷时挖出一个与众不同的大鼎，汉武帝以为祥瑞，还写了一首《宝鼎歌》。歌中有"汾脽出鼎，皇祐元始"之句，又改年号为元鼎。岘山碑：西晋羊祜任襄阳太守，有政绩，后人以其常游岘山，故于岘山立碑纪念，称"岘山碑"。

4. 熊罴：熊和罴，皆为猛兽。罴，熊的一种。

5. "去妇因探邻舍枣，出妻为种后园葵。"这两句中有两个典故，都涉及到"休妻"问题。一个是春秋时期鲁国博士公仪休的故事,他为了菜农和织妇能卖掉他们的货物,宁肯把自己家菜园的葵(蔬菜名)拔掉,还把自己的妻子休掉并烧毁了自家的织机。另一个是汉朝官员王吉的故事,他因为自己的妻子顺手摘了几颗邻家伸到自家院里的枣子而要"休妻",后经邻人再三劝说才作罢。这两个关于道德的故事都有些不近人情,是男权社会的产物,不足为训。

6.笛韵与橹声对应,仙管与渔舟对应,和谐与咿轧对应,咿轧:摇橹的声音。

【点评】

这是上平声"四支"的第二组韵对,共十个。开始两个单字对,行一止,速一迟,分别是表示行为的动词和表示速度的形容词。接下来三个二字对,所用词汇都在文士武生生活范围内,"舞剑"和"围棋",都是武艺的雅化,花笺、草字、竹简、毛锥,则是纯粹文人书房中的宝贝。《声律启蒙》作者既然是文人,自然对这些既熟悉又喜欢,信手拈来就不足为奇了。

"花开红锦绣,水漾碧琉璃。"用的是比喻的写法。意思是花开得像红色的锦绣,水流得如透明的琉璃。锦绣是精美鲜艳的丝织品,琉璃是矿石质的有色半透明水晶制品。最后的十字对,分别写云中笛声和雪中渔舟的和谐美妙,也令人神往。

毕竟,《声律启蒙》是男权社会背景下的产物,在表现道德观念时总会在不经意间流露出与现代社会道德不吻合的意趣,如"去妇因探邻舍枣,出妻为种后园葵"两句所说古人为了照顾与邻里的关系竟然可以随便休掉自己的妻子,就显得十分不近人情了。

3

【原文】

戈对甲，鼓对旗，紫燕对黄鹂。

梅酸对李苦，青眼对白眉¹。

三弄笛，一围棋²，雨打对风吹。

海棠春睡早，杨柳昼眠迟³。

张骏曾为槐树赋，杜陵不作海棠诗⁴。

晋士特奇，可比一斑之豹；

唐儒博识，堪为五总之龟⁵。

【字词解释】

1. 青眼：即从正面以黑眼珠看人；两眼斜视，眼球上白的多，就是"白眼"。成语"青眼有加"表示对人的赏识或者喜爱，"白眼"表示对人的厌恶。语出《晋书·阮籍传》："籍又能为青白眼，见礼俗之士，以白眼对之。及嵇喜来吊，籍作白眼，喜不怿而退。喜弟康闻之，乃赍酒挟琴造焉，籍大悦，乃见青眼。"白眉：指三国时期蜀汉官员马良。马良（187—222），字季常，因眉毛中有白毛，人称白眉马良。《三国志·蜀志·马良传》："马良，字季常，襄阳宜城人也。兄弟五人，并有才名，乡里为之谚曰'马氏五常，白眉最良。'良，眉中有白毛，故以称之。"后因以喻兄弟或侪辈中的杰出者。

2. 三弄：中国古琴名曲《梅花三弄》最早是笛曲。以泛声演奏主调，并以同样曲调在不同徽位上重复三次，故称为《三弄》。一围棋，即下围棋，前面加一个"一"，是为了与"三弄笛"对仗。

3. "海棠春睡早，杨柳昼眠迟"两句，分别用典故来对仗，"海棠春睡未足"是传说中唐明皇形容杨贵妃起床后慵懒之态的话，"杨柳昼眠"是传说中一种被称为人柳的柳树，可以一日三眠三起，古诗文中杨柳通用，泛指柳树。

4. 第一句用西晋张骏的故事，据说他曾为凉州官员，移植柳树到凉州，没想到全死了，仅有酒泉宫西北长出一些槐树来，张因作《槐树赋》，但典籍记载《槐树赋》并非张骏所写。第二句说的是唐代诗人杜甫，因为杜甫诗中没有写海棠的，引发后人种种猜测，直到北宋王禹偁就在《诗话》中说了"杜子美避地蜀中，未尝有一诗说着海棠，以其生母名海棠也。"才为众人认同，自然，这也只是一种猜测，并没有真凭实据。

5. 这两句包含两个典故，"晋士特奇，可比一斑之豹"其实就是成语管中窥豹之事。南朝宋刘义庆《世说新语·方正》记载："王子敬（王献之）数岁时，尝看诸门生樗蒲（一种游戏），见有胜负，因曰：'南风不竞'门生毕轻其小儿，乃曰：'此郎亦管中窥豹，时见一斑。'""唐儒博识，堪为五总之龟"中的"唐儒"，指的是唐代学者殷践猷，此人博学多文，被贺知章称为"五总龟"。唐代颜真卿《丽正殿二学士殷君墓碣铭》记载：殷践猷"博览群言，尤精《史记》、《汉书》百家氏族之说，至于阴阳数术医方刑法之流，无不该洞焉……贺呼君为五总龟，以龟千年五聚，问无不知也"。

【点评】

这是上平声"四支"的最后一组韵对，用语方面有的易懂，有的因为涉及典故则需要借助一些工具书才能明白其意义。戈与甲，鼓与旗，都是军队中所用器物，笛与棋是另一类器物，梅酸与李苦是瓜果，雨打风吹是自然天候，其他几个对仗就各有典故了。

这些以历史、传说构成的对子，放在古代是诗文中常常用到的，一般读书人也都耳熟能详，但是在现代，一方面生活内容本身发生了极大变化，另一方面作文属对的训练也少了，所以就显得比较陌生。这都是正常现象，阅读时借助注释，当作有趣的故事看看即可，从对仗训练角度，着重注意一下它们在文字、平仄和韵律方面的特点也很有意思。

微 第五章

1

【原文】

来对往，密对稀，燕舞对莺飞。

风清对月朗，露重对烟微。

霜菊瘦，雨梅肥，客路对渔矶[1]。

晚霞舒锦绣，朝露缀珠玑。

夏暑客思敧[2]石枕，秋寒妇念寄边衣[3]。

春水才深，青草岸边渔父去；

夕阳半落，绿莎原上牧童归[4]。

【字词解释】

1. 客路：旅途。唐代诗人王湾《次北固山下》："客路青山下，行舟绿水前。潮平两岸阔，风正一帆悬。"渔矶：可供垂钓的水边岩石；矶：突出江边的岩石或小石山，如燕子矶、采石矶。

2. 敧：通"倚"，斜倚，斜靠。北宋米芾《水调歌头·中秋》："醉困不知醒，敧枕卧江流。"

3. 戍边人员穿的衣服。北周王褒《和张侍中看猎》："独嗟来远客，辛苦倦边衣。"

4. 绿莎：指绿草地。唐代元稹《和乐天题王家亭子》："风吹笋箨飘红砌，雨打桐花盖绿莎。"

【点评】

这是上平声"五微"韵部的第一组韵对,"五微"韵部包含的字也不少,这组韵对中按照中古音发音,押韵的字是"稀"、"飞"、"微"、"肥"、"矶"、"玑"、"衣"、"归"。

从韵对所用词汇说,这一组十个对仗中都没有运用典故,读来清清爽爽,这是少见的。不过,因为毕竟是古代诗词常用的词汇,还是显得比较文雅和书面化。燕舞莺飞,风清月朗,露重烟微,霜菊雨梅,客路渔矶,晚霞朝露,锦绣珠玑,夏暑秋寒,石枕边衣,春水夕阳,青草绿莎,渔父牧童,这些充满诗情画意的辞藻,的确都是古典诗词最常见到的,诗人们代代相传,几乎达成了默契,只要提笔写诗,就不期然而然地运用到这些词汇。故而《声律启蒙》也就拿来作为蒙童们学习写诗的基本语汇了。

2

【原文】

宽对猛，是对非，服美对乘肥[1]。

珊瑚对玳瑁，锦绣对珠玑。

桃灼灼，柳依依[2]，绿暗对红稀。

窗前莺并语，帘外燕双飞。

汉致太平三尺剑，周臻大定一戎衣[3]。

吟成赏月之诗，只愁月堕；

斝满送春之酒，惟憾春归。

【字词解释】

1.服美：穿华丽的衣服。乘肥：乘肥壮的马匹，《论语·雍也》："赤之适齐也，乘肥马，衣轻裘。"

2."灼灼"、"依依"均为形容词，分别形容桃花的盛开和杨柳的姿态。"灼灼"出自《诗经·周南·桃夭》："桃之夭夭，灼灼其华。""依依"出自《诗经·小雅·采薇》："昔我往矣，杨柳依依。"

3.汉致太平三尺剑：是说凭借三尺剑赢得了汉朝的太平，语出汉高祖刘邦："吾以布衣提三尺剑取天下，此非天命乎？"见《史记·高祖本纪》。周臻大定一戎衣：这句说的是周朝建立的事，《尚书·武成》："周武王伐纣，一戎衣，天下大定"。臻：达到之意。

【点评】

这是上平声"五微"韵部的第二组韵对，押韵的字是"非"、"肥"、"玑"、"依"、"稀"、"飞"、"衣"、"归"。

这十个韵对，只有第九个用了周朝和汉朝建立的历史故事，其它都是古典诗词常见语汇，如"灼灼"、"依依"、"绿暗"、"红稀"之类。

"宽对猛"中的"猛"，是严厉之意，所以才能相对。"珊瑚"和"玳瑁"都是海洋生物，故能相对。

最后的十字对，都是表达某种遗憾之情，第一句是担心一轮明月终会落下，第二句是抱憾春天终会归去，此种心情，也是古人写诗时常会有的。

3

声对色，饱对饥，虎节对龙旗[1]。

杨花对桂叶，白简对朱衣[2]。

尨也吠，燕于飞[3]，荡荡对巍巍。

春暄资日气，秋冷借霜威[4]。

出使振威冯奉世，治民异等尹翁归[5]。

燕我弟兄，载咏棣棠韡韡；

命伊[6]将帅，为歌杨柳依依。

【字词解释】

1. 虎节：虎形的符节。节，是古代用于军事和外交等方面的信物，是我国古代使者所持的凭证。龙旗：古代绘有交龙图文的旗，《周礼·春官宗伯·司常》："交龙为旗"。

2. 白简：此处指白色裙。简，通"裥"。朱衣：朱红色的服装，古代帝王或某些官员都会穿这种颜色的衣服。

3. 尨：多毛的狗。燕于飞：《诗·邶风·燕燕》："燕燕于飞，差池其羽。之子于归，远送于野。"诗中咏送别，以"燕燕于飞"起兴，后因以'燕于飞'为送别之典。

4. 春暄：春暖。亦指春暖之时。资：凭借。霜威：寒霜肃杀的气息。

5. 冯奉世：字子明，西汉将领，曾奉使西域，当匈奴、莎车攻劫时，矫制征发西域诸国兵，进攻莎车，平息骚乱，威震西域。尹翁归：西汉官吏，以干练廉洁著称。《汉书·尹翁归传》记载皇帝对尹翁归的称赞："扶风翁归廉平乡正，治民异等，早夭不遂，不得终其功业。"异等：超出一般，非常突出。

6.燕：通"宴"。设席款待。棣棠：落叶灌木，小枝绿色，花金黄色。铧铧：明艳；光明华美的样子。出自《诗经·小雅·常棣》："棠棣之花，鄂不铧铧。"伊：他；杨柳依依：指《诗经·小雅·采薇》。

【点评】

　　这是上平声"五微"韵部的最后一组韵对，押韵的字是"饥"、"旗"、"衣"、"飞"、"巍"、"威"、"归"、"依"。

　　运用典故虽然不易理解，并且有的典故在今天已失去了意义，可是如果其中包含的历史知识足够经典，倒也可以通过对联的形式增长一些知识。这组韵对中的七字对所含的两个典故就是如此，冯奉世实在是西汉时期著名的将领，其一生经历武、昭、宣、元4帝，在西汉统一大业上，战功卓著。有9子、4女，子皆有名当世，长女媛入宫为后，也深受元帝敬重。如果不是被编入《声律启蒙》，如今可能就不容易知道他的事迹了。同样，西汉时期以干练廉洁著称的尹翁归也是如此。

　　十字对所涉及的不是历史知识，而是文学知识，都是关于《诗经》的。上一句出自《诗经·小雅·常棣》，此诗是中国诗歌史上最早歌唱兄弟之情的诗作，诗中以棠棣比喻兄弟，以至于成为诗人常用的典故，所以对仗里有"燕我兄弟"的话。下一句出自《诗经·小雅·采薇》，而这一首则是表现戍边将士思念家乡的名篇，"命伊将帅"唱一曲"杨柳依依"，所要表达的也正是这样一种情感。总之，这些都成为古代诗人们最熟悉不过的诗歌语汇了。

第六章 鱼

1

【原文】

无对有，实对虚，作赋对观书。

绿窗对朱户，宝马对香车¹。

伯乐马，浩然驴²，弋雁对求鱼³。

分金齐鲍叔，奉璧蔺相如⁴。

掷地金声孙绰赋，回文锦字窦滔书⁵。

未遇殷宗，胥靡困傅岩之筑；

既逢周后，太公舍渭水之渔⁶。

【字词解释】

1. 宝马香车：华丽的车子，珍贵的宝马。指考究的车骑。唐代韦应物《长安道》诗："宝马横来下建章，香车却转避驰道。"

2. 伯乐马：指古代相马家伯乐之事。浩然驴：指唐代诗人孟浩然冒雪骑驴寻梅之事，《韵府群玉》记载："孟浩然尝于灞水，冒雪骑驴寻梅花，曰：'吾诗思在风雪中驴子背上。'"

3. 弋：用带绳子的箭射鸟。《诗经·郑风·女曰鸡鸣》："女曰鸡鸣，士曰昧旦。子兴视夜，明星有烂。将翱将翔，弋凫与雁。"求鱼：找鱼。《孟子·梁惠王上》："以若所为，求若所欲，犹缘木而求鱼也。"

4. 分金齐鲍叔：鲍叔又称鲍叔牙，春秋战国时齐国大夫，素与管仲友善，"分金"指二人做生意，鲍叔知管仲家贫，处处照顾管仲之事。《史记·管晏列传》记载："管仲曰：'吾始困时，尝与鲍叔贾，分财利多自与，鲍叔不以我为贪，知我贫也。'"奉璧蔺相如：讲的是战国时期蔺相如完璧归赵的故事。《史记·廉颇蔺相如列传》记载，赵惠文王得楚和氏璧，秦昭王致书赵王，愿以十五城易璧。时秦强赵弱，惠文王恐赵予璧而秦不予城，蔺相如愿奉璧前往，说："城入赵而璧留秦；城不入，臣请完璧归赵。"

5. 孙绰，东晋名士，玄言诗人，善作赋。《晋书》卷五十六记载："绰字兴公。博学善属文，少与高阳许询俱有高尚之志……尝作《天台山赋》，辞致甚工，初成，以示友人范荣期，云：'卿试掷地，当作金石声也。'"窦滔：东晋时期秦州刺史，其妻以回文锦字诗寄托思念之情的事见于《晋书》卷九十六"列女列传·窦滔妻苏氏"："窦滔妻苏氏，始平人也，名蕙，字若兰。善属文。滔，苻坚时为秦州刺史，被徙流沙，苏氏思之，织锦为回文旋图诗以赠滔。宛转循环以读之，词甚悽惋，凡八百四十字，文多不录。"

6. "未遇殷宗，胥靡困傅岩之筑"，此句言殷商时期卓越的政治家、军事家、思想家及建筑科学家傅说之事。《史记》卷三"殷本纪"记载：殷帝"武丁夜梦得圣人，名曰说。以梦所见视群臣百吏，皆非也。于是乃使百工营求之野，得说于傅险中。是时说为胥靡（小吏），筑于傅险。见于武丁，武丁曰是也。得而与之语，果圣人，举以为相，殷国大治。故遂以傅险姓之，号曰傅说"。险：亦作"岩"。"既逢周后，太公舍渭水之渔"一句，说的是周文王姬昌与姜太公的故事。周后即周文王，太公即姜太公。

【点评】

这是上平声"六鱼"韵部的第一组韵对。十个对，两个单字对，四个二字对，两个三字对，两个五字对，七字对、十字对各一个，押韵的字是"虚"、"书"、"车"、"驴"、"鱼"、"叔"、"如"、"书"、"渔"。

六　鱼

　　这组韵对，突出的特点是包含的历史典故较多，几乎句句用典。好在这些历史故事，多数至今还不算陌生，比如伯乐相马、蔺相如完璧归赵、姜太公钓鱼，另一些则存在于成语中，如踏雪寻梅、缘木求鱼、掷地金声。窦滔作回文锦书寄托对丈夫思念之情的故事，也是千古美谈。

　　最后的十字对所包含的殷帝与傅说、周文王与姜太公的故事，都侧重于帝王与贤相名臣相互发现、相互支撑的道理，故事本身富有人情味和智慧，出之以对仗的形式也工整自然，真可谓化繁为简。

2

终对始，疾对徐，短褐对华裾¹。

六朝对三国，天禄对石渠²。

千字策，八行书³，有若对相如⁴。

花残无戏蝶，藻密有潜鱼。

落叶舞风高复下，小荷浮水卷还舒。

爱见人长，共服宣尼休假盖；

恐彰己吝，谁知阮裕竟焚车⁵。

1. 短褐：又称"竖褐"、"裋褐"，粗布短衣。古代地位低下者或僮竖之服。华裾：华美的服饰。

2. 天禄和石渠指的是中国最早的国家图书馆、档案馆，汉代开国元勋萧何主持设计和修建著名的未央宫时，专门修造的天禄阁与石渠阁。

3. 千字策：宋朝时期，殿试进士用策论，限一千字，故名千字策。八行书：原指每页八行的信纸。《后汉书·窦融传》附窦章注引马融《与窦伯向（章）书》曰："孟陵奴来，赐书，见手迹，欢喜何量，见于面也。书虽两纸，纸八行，行七字。"后为书信之通称。

4. 有若与相如都是历史人物，相如指西汉文学家司马相如，有若指东周时孔子的弟子有若。

5. "爱见人长，共服宣尼休假盖"一句，说的是孔子的故事，宣尼即孔子，西汉平帝元始元年（公元1年）追谥孔子为褒成宣尼公，后因称孔子为宣尼。"爱见人长"、"休假盖"是讲孔子有次出门逢雨,有学生提醒他可向商(即子夏)借伞,孔子说,与人相交宜扬其长避其短,商为人比较小气,我不向他借伞就不会显出他的小气来。"恐彰己吝,谁知阮裕竟焚车"一句说的是阮裕的故事,晋朝阮裕有辆好车,他一向乐于借给别人用。但是有一次,阮裕知道有个人为了母亲丧事想跟他借车却没敢开口,就叹惜道:"一个人有车,却让别人不敢向他借,有车又有什么用呢?"便把车烧掉了。

【点评】

这是上平声"六鱼"韵部第二组韵对,韵字为"徐"、"裾"、"渠"、"书"、"如"、"鱼"、"舒"、"车"。

终与始,疾与徐,在今天也还是日常用字,比如有始有终、不疾不徐,六朝与三国作为历史知识也应该不陌生,写到草木虫鱼的"花残"、"藻密"、"落叶"、"小荷"就更是自然亲切。

不过,另外一些对仗所涉及的知识,可能就因为过于久远而显得生疏了。比如古代服装"短褐"、"华裾"的不同,特别是"短褐"的读音都需要留意。天禄阁和石渠阁作为中国最早的国家图书馆、档案馆,如果不是专门人员也未必知道,本来"天禄"是个多义词,它也指古代传说中一种神兽,似鹿而长尾,一角者为天禄,二角者为辟邪,可攘除灾难,永安百禄。但此处与石渠对应时,则只能是天禄阁了。

考试要写千字策,写信要用八行书,也是古代生活常见之事。胡适先生在美国留学时,他妻子江冬秀从国内给他写信仍然是用毛笔和宣纸信笺,故而胡适有一首诗就是写这件事的:"病中得他书,不满八行纸;全无要紧话,颇使我欢喜。"

夫子借伞和阮裕焚车的故事,都在德行修养方面使人受到启发,"爱见人长"是说乐于发现别人的长处而回避别人的短处,"恐彰己吝"

是说唯恐让别人觉得自己吝啬，这两种品质同时存在于一个人身上，就是宽以待人、严于律己了。

3

【原文】

麟对凤，鳖对鱼，内史对中书[1]。

犁锄对耒耜[2]，畎浍对郊墟[3]。

犀角带，象牙梳[4]，驷马对安车[5]。

青衣能报赦[6]，黄耳解传书[7]。

庭畔有人持短剑，门前无客曳长裾[8]。

波浪拍船，骇[9]舟人之水宿；

峰峦绕舍，乐隐者之山居。

【字词解释】

1. 内史与中书：均为古代官职名称。

2. 犁、锄、耒、耜：均为古代农具。

3. 畎浍：田间水沟。泛指溪流、沟渠。郊墟：郊外，村野荒丘之间。唐代韩愈《符读书城南》诗："时秋积雨霁，新凉入郊墟。"

4. 犀角带：古代品官所配饰有犀角的腰带。象牙梳：用象牙制造的梳子。

5. 驷马：显贵者所乘的驾四匹马的高车。唐代许浑《将赴京师留题孙处士山居》诗之一："应学相如志，终须驷马回。"安车：古代一种通常用一匹马拉的、可以在车厢里坐乘的车子。

6. 青衣报赦的传说，是东晋十六国时期前秦国君苻坚之事，见《晋书》卷一百十三载记第十三记："坚僭位五年，凤皇集于东阙，大赦其境内，百僚进位一级。初，坚之将为赦也，与王猛、苻融密议于露堂，悉屏左右。坚亲为赦文，猛、融供进纸墨。有一大苍蝇入自牖间，鸣声甚大，集于笔端，驱而复来。俄而张安街巷市里人相告曰：'官今大赦。'有司以闻。坚惊谓融、猛曰：'禁中无耳属之理，事何从泄也？'于是敕外穷推之，咸言有一小人衣黑衣，大呼于市曰：'官今大赦。'须臾不见。坚叹曰：'其向苍蝇乎？声状非常，吾固恶之。谚曰：欲人勿知，莫若勿为。声无细而弗闻，事未形而必彰者，其此之谓也。'"

7. 黄耳传书之事，见《晋书·陆机传》："初机有俊犬，名曰黄耳，甚爱之。既而羁寓京师，久无家问……机乃为书以竹筒盛之而系其颈，犬寻路南走，遂至其家，得报还洛。其后因以为常。"

8. 这两句分别用了荆轲刺秦王和曳裾王门的典故。庭畔有人即指荆轲，短剑即荆轲所持匕首。曳：拉；裾：衣服的大襟；"曳裾王门"比喻在王侯权贵门下做食客，典出《汉书》卷五十一《贾邹枚路传·邹阳》："饰固陋之心，则何王之门不可曳长裾乎？"

9. 骇：惊惧，与下句"乐"相对。

【点评】

这组韵对，韵字分别是"鱼"、"书"、"墟"、"梳"、"车"、"书"、"裾"、"居"。

麟、凤、鳖、鱼，较为常见，犁、锄、耒、耜，都是农具，内史、中书、畎浍、郊墟，驷马、安车，就比较不常见了，因为都是古代的名词。同样，犀角带、象牙梳如果有人见到，那一定是在博物馆里看到的文物。至于青衣报赦和黄耳传书，以及荆轲刺秦、曳裾王门，这些都属于历史传说故事，古代诗人写诗作文，经常会拿这些说事抒情，今天的诗人就未必常用，因为毕竟生活内容发生了巨大变化。

不过那这些历史传说故事编成的对仗，仍然是有趣的文字艺术。

这首先需要把故事简化，简化到三五个字或者不超过十个字，而又能使上下句所用的字词一一对应，词类、平仄都符合要求，这就很不容易。比如荆轲刺秦用的是匕首（图穷匕首见），而为了与下句的"长裾"对应，就灵活地将匕首一词换成"短剑"，同时使"庭畔"与"门前"相对，"有人"与"无客"相对，"持"与"曳"相对，整体构成了"仄仄平平平仄仄，平平仄仄仄平平"的格局，体现出了对仗的艺术。

"波浪拍船"与"峰峦绕舍"两句也是如此，自己可以试着分析一下它们的平仄对应形式。

第七章　虞

1

【原文】

金对玉，宝对珠，玉兔对金乌[1]。

孤舟对短棹[2]，一雁对双凫[3]。

横醉眼，捻吟须[4]，李白对杨朱[5]。

秋霜多过雁，夜月有啼乌[6]。

日暖园林花易赏，雪寒村舍酒难沽。

人处岭南，善探巨象口中齿；

客居江右，偶夺骊龙颔下珠[7]。

【字词解释】

1. 玉兔与金乌分别指月亮、太阳，因为古人认为月亮中有玉兔，太阳中有三足金乌，乌即鸦。

2. 短棹：本为划船用的小桨，这里指小船，与"孤舟"对应。

3. 凫：水鸟，俗称野鸭。

4. 醉眼、吟须，均为古人诗词中常用语。如唐代杜甫《九日登梓州城》诗句："弟妹悲歌里，乾坤醉眼中。"宋代吴龙翰《繁昌道中》诗句："凑入灞桥成一画，杨花吹雪糁吟须。"

5. 杨朱：古代人名，先秦哲学家，战国时期魏国人。

6. 过雁、啼乌：古诗词常用词汇，犹言雁过、乌啼。

7. 这一句是说身处岭南的人善于探查到象牙，客居江右（一般指长江下游的西岸一带，与"江左"相对）的人会偶尔采得骊龙颔下的宝珠。骊龙颔下珠之事，《庄子》有描写。

【点评】

这是上平声"七虞"韵部的第一组韵对，共十个，韵字为"珠"、"乌"、"凫"、"须"、"朱"、"乌"、"沽"、"珠"，其中有重复的韵字。

金玉对应，宝珠对应，玉兔金乌对应，孤舟短棹对应，一雁双凫对应，秋霜夜月对应，过雁啼乌对应，这些不但音韵上（平仄）符合要求，意义上也的确能够呼应。但也有比较勉强的，比如李白与杨朱，说他们有什么必然关联就有些勉强，除非把他们都属于道家人物这一点算作关联，否则也只能说二人的名字真算得上"天作之合"！李、杨都是树木品种，白、朱都是色彩，且对比感很强，也难怪《声律启蒙》的作者想得到。

七字对"日暖园林花易赏，雪寒村舍酒难沽"两句，不涉典故而词句清爽典雅，颇有些意境，一易一难，见出古代乡村文人雅士生活的日常诗意。

2

【原文】

贤对圣，智对愚，傅粉对施朱。

名缰对利锁[1]，挈榼对提壶[2]。

鸠哺子，燕调雏[3]，石帐对郇厨[4]。

烟轻笼岸柳，风急撼庭梧。

鸜眼一方端石砚，龙涎三炷博山炉[5]。

曲沼鱼多，可使渔人结网；

平田兔少，漫劳耕者守株[6]。

【字词解释】

1. 缰：驾牲口用的缰绳；锁：锁链。名缰利锁：成语，比喻名利束缚人就像缰绳和锁链一样。

2. 挈榼：拿着酒杯。提壶：提着酒壶。

3. 鸠：鸟名，斑鸠、布谷之类的鸟；哺：哺育；鸠哺子：《尔雅·释鸟》记载："鸠哺子，朝自上而下，暮自下而上也。"燕调雏：燕子调教雏燕，《竹溪闲话》："燕雏将长，其母调之使飞。"

4. 这两句用典。石帐：《晋书·石崇传》记载西晋时期富豪石崇尝作锦丝步帐五十里。郇：郇厨说的是唐代官员韦陟的故事。《世说补》记载："唐韦陟封郇公，性好奢，厨中饮食错杂，人入其中，多饱饫而归。"

5. 鸜眼：鸲鹆眼，传说端石砚上有鸲鹆眼的纹形，宋代朱敦儒《相见欢》词："琴上金星正照，砚中鸜眼相青。"龙涎：指龙涎香；炷：量词，指燃着的线香；博山炉：又叫博山香炉、博山香薰、博山薰炉等名，是中国汉、晋时期汉族民间常见的焚香所用的器具。

6. 这两句没有深奥的典故，但所用词汇却是古代汉语中有来历的，比如曲沼、平田，渔人结网、耕者守株，就都各有出处，而为后来文人墨客喜用。

【点评】

这一段为上平声"七虞"韵部第二组韵对，押韵字是"愚"、"朱"、"壶"、"雏"、"厨"、"梧"、"炉"、"株"。

十个对子，各有意趣，也明白无误地流露出作者的志趣、品性。人生在世，虽说难以完全避开名利二字，可对名利保持一点警觉心总是必要的，故有"名缰利锁"之谓。作者还能注意到斑鸠、燕子哺育、调教雏鸟的物性，以"烟轻笼岸柳，风急撼庭梧"这样工整的字句描绘和谐的田园风光，由河湾的鱼想到结网打鱼的渔人，由一片平畴而想到不须守株待兔的耕者，不是也能领会到作者的种种心意吗？写到"端砚"而用"方"作量词，写到"龙涎香"而以"炷"为量词，也都很是妥帖。这虽然是生活细节，却也看得出作者的细心和生活经验之丰富。

3

【原文】

秦对赵，越对吴，钓客对耕夫。

箕裘对杖履[1]，杞梓对桑榆[2]。

天欲晓，日将晡[3]，狡兔对妖狐[4]。

读书甘刺股，煮粥惜焚须[5]。

韩信武能平四海，左思文足赋三都[6]。

嘉遁幽人，适志竹篱茅舍；

胜游公子，玩情柳陌花衢[7]。

【字词解释】

1.箕裘：簸箕与皮袍，成语"箕裘相继"比喻子继父业。典出《礼记·学记》。杖履：手杖和鞋子。成语"杖履相从"指追随左右。宋代苏轼《和〈贫士〉》之七："门生与儿子，杖履聊相从。"

2.杞梓：杞梓原指两种木材名字，后比喻优秀的人才。《晋书·陆机陆云传》："观夫陆机、陆云，实荆衡之杞梓。"桑榆：夕阳光照桑榆树梢，古代指日暮，也比喻晚年。唐代刘禹锡《酬乐天咏老见示》："莫道桑榆晚，为霞尚满天。"

3.晡：古汉语中代指时间的字，是指下午的三点到五点钟这个时间段。

4.妖狐：也称狐妖、狐仙或狐狸精；在汉族神话传说中狐狸能修炼成仙，化为人形，与人来往，故有此称。

5."读书甘刺股，煮粥惜焚须"两句用典故，第一句用的是"锥刺股"之典，出自《战国策·秦策一》：苏秦"读书欲睡，引锥自刺其股"。第

二句是唐朝李绩，为病卧的老姐姐烧火煮粥而被火苗烧了胡须，参见
《新唐书·李绩传》。

6.韩信、左思均为中国历史人物，韩信为西汉开国功臣，军事家，
"武能平四海"是对其"平四海，定天下"功绩的称赞。左思是西晋著
名文学家，其《三都赋》为当时称颂，成语"洛阳纸贵"即来源于此。

7.嘉：善；遁：隐；嘉遁：适时的隐遁。《周易注疏》卷四"遁"："九五，
嘉遁，贞吉。《象》曰：'嘉遁贞吉'，以正志也。"幽人：幽隐之人，隐
士。胜游：快意的游览。衢：道路。

【点评】

这是上平声"七虞"韵部最后一组韵对，共十个，韵字为"吴"、
"夫"、"榆"、"哺"、"狐"、"须"、"都"、"衢"。

秦赵吴越都是古代地名，钓客耕夫在人伦范围，另外一些就比较
多地用了文史典故，需要仔细辨析。最后的十字对很有些闲情逸趣，
意思是：那些择善而退的高人，可以在竹篱茅舍之间颐养情志，快意
闲游者，亦可于柳陌花街愉悦自己。这种情调或情趣，正是中国古代
文人雅士所喜欢的，在很多诗词中也都可以感受到，这是和古代农本
社会的自然环境相吻合的。

齐 第八章

1

【原文】

岩对岫¹，涧对溪，远岸对危堤。

鹤长对凫短²，水雁对山鸡。

星拱北，月流西，汉露对汤霓³。

桃林牛已放，虞坂马长嘶⁴。

叔侄去官闻广受，弟兄让国有夷齐⁵。

三月春浓，芍药丛中蝴蝶舞；

五更天晓，海棠枝上子规啼⁶。

【字词解释】

1. 岫：岩穴，山洞。

2. 鹤长凫短：指的是鹤的腿长，凫的腿短。

3. 汉露、汤霓：前者指汉武帝造金茎玉盘以承露。后者指商汤伐夏桀受人民欢迎状。云霓：雨后之虹。《孟子·梁惠王下》："民望之，若大旱之望云霓也。"

4. 这两句用典故，第一句说周武王克商后归耕田园之事。《尚书·武成》："乃偃武修文，归马于华山之阳，放牛于桃林之野，示天下弗服。"第二句用伯乐相马之事。《战国策·楚策》："……夫骥之齿至矣，服盐车而上太行。蹄申膝折，尾湛胕溃，漉汁洒地，白汗交流，中阪迁延，负辕不能上。伯乐遭之，下车攀而哭之，解纻衣以幂之。骥于是俯而喷，仰而鸣，声达于天，若出金石声者，何也？彼见伯乐之知己也。"

5. 这两句也用典故，第一句是西汉疏广、疏受叔侄去官疏财的故事，事见《汉书·隽疏于薛平彭传》。第二句是商末伯夷叔齐兄弟二人相互辞让国君的故事，事见《史记·伯夷列传》："伯夷、叔齐，孤竹君之二子也。父欲立叔齐。及父卒，叔齐让伯夷。伯夷曰：'父命也。'遂逃去。叔齐亦不肯立而逃之。"

6. 子规：杜鹃鸟。传说为蜀帝杜宇的魂魄所化。常夜鸣，声音凄切。

【点评】

这是上平声"八齐"韵部第一组韵对，十个对子，韵字为"溪"、"堤"、"鸡"、"西"、"霓"、"嘶"、"齐"、"啼"。

这组韵对所用词汇，属于地理类的是岩—岫，涧—溪，远岸—危堤，桃林—虞坂；属于鸟兽虫鱼的是鹤—凫，水雁—山鸡，牛—马，蝴蝶—子规；属于天文类的是星—月，露—霓，属于人伦类的是叔侄—弟兄，另外还有方位对如北—西，人名对如（疏）广（疏）受—（伯）夷（叔）齐，花木对如芍药—海棠；等等。

还是有不少文史典故，包括周武王功成乃归耕田园、伯乐虞坂识马、疏广疏受告老辞官散金和伯夷叔齐兄弟辞让国君，这些都是历史上的道德佳话，至今读来，仍觉意味深长。

2

【原文】

云对雨，水对泥，白璧对玄圭¹。

献瓜对投李²，禁鼓对征鼙³。

徐稚榻，鲁班梯⁴，凤翥对鸾栖⁵，

有官清似水，无客醉如泥⁶。

截发惟闻陶侃母，断机只有乐羊妻⁷。

秋望家人，目送楼头千里雁；

早行远客，梦惊枕上五更鸡⁸。

【字词解释】

1. 璧：古代一种扁圆形的、中间有孔的玉器。白璧：白色的璧。玄圭：一种黑色的玉器，上尖下方，古代用以赏赐建立特殊功绩的人。

2.《诗经·大雅·抑》有句："投我以桃，报之以李。"后来简化为成语投桃报李，代指朋友间相互赠送礼品。此处献瓜、投李可能另有所本，也可能从对仗着眼做了某种变通。

3. 禁鼓：设置在宫城谯楼上报时的鼓。征鼙：出征的鼓声。

4. 徐稚：字孺子，豫章南昌人，东汉隐士。相传豫章太守陈蕃极为敬重徐稚之人品而特为其专设一榻，去则悬之，唐代王勃《滕王阁序》有名句："人杰地灵，徐孺下陈蕃之榻。"传为佳话。鲁班梯：云梯是古代攻城用的器械，传说是春秋时期发明家鲁班发明。《墨子·公输》记载："公输盘为楚造云梯之械，成，将以攻宋。"

5. 凤翥：凤凰高飞。翥：高飞。晋代陆机《浮云赋》："鸾翔凤翥，鸿惊鹤飞，鲸鲵溯波，鲛鳄冲道。"鸾栖：鸾鸟栖止。比喻贤士在位。《晋书·苻坚载记上》："百姓歌之曰：'长安大街，夹树杨槐。下走朱轮，上有鸾栖。英彦云集，诲我萌黎。'"

6.官清似水：指为官清廉，如同白水一样清明。泥：南宋吴曾《能改斋漫录·事实》"醉如泥"条："按，稗官小说：'南海有虫，无骨，名曰泥。在水中则活，失水则醉。'"醉如泥：醉得瘫成一团，形容大醉的样子。《后汉书·儒林传下·周泽》："一岁三百六十日，三百五十九日斋。"唐代李贤注："《汉官仪》此下云：'一日不斋醉如泥。'"

7.截发惟闻陶侃母：此句说东晋名将陶侃之母湛氏之事。《世说新语·贤媛》："同郡范逵素知名，举孝廉，投侃宿。于时冰雪积日，侃室如悬磬，而逵马仆甚多。侃母湛氏语侃曰：'汝但出外留客，吾自为计。'湛头发委地，下为二髲，卖得数斛米，斫诸屋柱，悉割半为薪，锉诸荐以为马草。"断机只有乐羊妻：此句说乐羊子之事。《后汉书·列女传》："一年来归，妻跪问其故，羊子曰：'久行怀思，无它异也。'妻乃引刀趋机而言曰：'此织生自蚕茧，成于机杼。一丝而累，以至于寸，累寸不已，遂成丈匹。今若断斯织也，则捐失成功，稽废时日。夫子积学，当日知其所亡，以就懿德；若中道而归，何异断斯织乎？'羊子感其言，复还终业，遂七年不返。"

8.五更鸡：指凌晨三至五时，此时公鸡开始打鸣。唐代颜真卿《劝学》："三更灯火五更鸡，正是男儿读书时。"

【点评】

这是上平声"八齐"韵部第二组韵对，共十个对子，韵字为"泥"、"圭"、"虀"、"梯"、"栖"、"泥"、"妻"、"鸡"。

这一组用典较多，每一个典故既有很强的故事性，同时也与前面那些韵对一样包含各自的道德训诫或人生道理，目的是让蒙童在自然的声律训练时也能同时对此句背后的道理留下些印象，这是中国传统蒙学的突出特点。

比如陶侃之母湛氏的故事和乐羊子之妻的故事，就都给人以深刻印象。"昔孟母，择邻处。子不学，断机杼。"陶母和孟子的母亲都是中国历史上著名的良母形象。乐羊子之妻劝告丈夫将路上捡到的钱财还回去，同样用"断机杼"的行为启发丈夫求学不能中断，这是一位贤妻的形象。相夫教子，贤妻良母，都是古代对美好女性贤良品德的概括。

3

【原文】

熊对虎，象对犀，霹雳对虹霓。

杜鹃对孔雀，桂岭对梅溪。

萧史凤，宋宗鸡[1]，远近对高低。

水寒鱼不跃，林茂鸟频栖。

杨柳和烟彭泽县，桃花流水武陵溪[2]。

公子追欢，闲骤玉骢游绮陌；

佳人倦绣，闷敧珊枕掩香闺[3]。

【字词解释】

1. 萧史凤：汉代刘向《列仙传》："萧史者，秦穆公时人也，善吹箫，能致孔雀白鹤于庭。穆公有女字弄玉，好之，公遂以为妻焉。日教弄玉作凤鸣。居数年，吹似凤声，凤凰来止其屋。公为作凤台，夫妇止其上。不下数年，一旦，弄玉乘凤，萧史乘龙升天而去。"宋宗鸡：指"处宗谈鸡"的传说，南朝宋刘义庆《幽明录》："晋兖州刺史沛国宋处宗，尝买得一长鸣鸡，爱养甚至，恒笼着窗间；鸡遂作人语，与处宗谈论，极有言致，终日不辍。处宗因此言功大进。"

2. 这两句用了东晋大诗人陶渊明的典故，彭泽县是陶渊明担任过县令之地，他喜在住宅前植柳；又有《桃花源记》虚构了一个开满桃花的隐蔽乐园，是一个武陵人发现的，所以有武陵溪之说。

3. 骤：（马）快跑。骢：马；玉骢：白色的骏马。唐代韩翃《少年行》："千里斑斓喷玉骢，青丝结尾绣缠鬃。"敧：通"倚"，斜倚，斜靠。珊枕：珊瑚制作或装饰的枕头。香闺：女子的内室。

【点评】

　　这是上平声"八齐"韵部最后一组韵对，韵字分别是"犀"、"霓"、"溪"、"鸡"、"低"、"栖"、"溪"、"闺"。

　　熊、虎、象、犀、杜鹃、孔雀、凤、鸡、鱼、鸟、玉骢，这些都属于鸟兽虫鱼类名词，所以相对应。霹雳、虹霓属于天文类，桂岭、梅溪、彭泽、武陵属于地名，萧史、宋宗、公子、佳人分别属于人名、人伦类，还有一些动词、形容词的对应，不妨一一找到。

　　"水寒鱼不跃，林茂鸟频栖。"此对自然生动，平仄分明，词句之间对应也很巧妙，令人喜爱。最后一个十字对表现的是年轻人的生活情态，青年男子纵马驰骋，闺中少女手工累了倚着珊瑚枕头打盹，一个"闷"字写出了女孩子生活的无聊，这和男子的"追欢"形成了鲜明的对比。

佳 第九章

1

【原文】

河对海，汉对淮，赤岸对朱崖。

鹭飞对鱼跃，宝钿对金钗¹。

鱼圉圉，鸟喈喈²，草履对芒鞋³。

古贤尝笃厚，时辈喜诙谐⁴。

孟训文公谈性善，颜师孔子问心斋⁵。

缓抚琴弦，像流莺而并语；

斜排筝柱，类过雁之相挨⁶。

【字词解释】

1. 钿：把金属宝石等镶嵌在器物上作装饰。宝钿、金钗都是古代女性饰品。

2. 圉圉：被困而未舒的样子。《孟子·万章上》："昔者有馈生鱼于郑子产，子产使校人畜之池。校人烹之，反命曰：'始舍之，圉圉焉；少则洋洋焉，攸然而逝。'"喈喈：禽鸟鸣声。《诗经·小雅·出车》："春日迟迟，卉木萋萋。仓庚喈喈，采蘩祁祁。"

3. 草履：古代指草鞋。履，意同屦。《说文》："屦，履也。"段玉裁注："今时所谓履者，自汉以前皆名屦。"明代李时珍《本草纲目》："世本言黄帝之臣始作屦，即今草鞋也。"芒鞋：草鞋。

4. 笃厚：忠实厚道。诙谐：言谈富于风趣。

5. 这两句用典。第一句说的是孟子对滕文公讲"性善"之事。见《孟子·滕文公上》："滕文公为世子，将之楚，过宋而见孟子。孟子道性

善，言必称尧舜。"第二句说的是颜回师从孔子问心斋一事。颜指孔
子的弟子颜回，心斋指摒除杂念，使心境虚静纯一。见《庄子·人间
世》："颜回曰：敢问心斋。仲尼曰：若一志，无听之以耳，而听之以
心；无听之以心，而听之以气。听止于耳，心止于符。气也者，虚而
待物者，唯道集虚，虚者心斋也。"

6. 流莺：即莺。流，谓其鸣声婉转。筝柱，筝上的弦柱。

【点评】

这是上平声"九佳"韵部第一组韵对，共十个对子，韵字为
"淮"、"崖"、"钗"、"喈"、"鞋"、"谐"、"斋"、"挨"。

这组韵对，有三个对仗可以简略说说。第一个是五字对"古贤尝
笃厚，时辈喜诙谐。"

说的是古贤和时辈在行事风格上的不同，前辈们崇尚"笃厚"，
当代人更喜欢"诙谐"，将笃厚与诙谐对比来说，可能是指前人处事较
为忠恳庄重，时人却比较放诞任情一些，这里未必有什么臧否，只是
表明由于时代不同人们的行事风格发生了变化。而这种变化，是每个
时代都会有的常态。

第二个是七字对"孟训文公谈性善，颜师孔子问心斋"。涉及中
国古代的哲学，孟子的性善学说与孔子、庄子的"心斋"说，而又编
制得如此妥帖、工整，令人过目不忘，正体现了对联的妙处。

第三个是最后的十字对，表现的是"抚琴"、"鼓筝"的雅事，而
以对仗的形式，将两种乐器的构成特点、演奏特点和音乐效果写得都
很准确，十分难得。比如筝柱的"斜排"以及用大雁的行列来比喻，
弹奏琴弦用了"缓抚"二字，又用"流萤而并语"形容琴声的美妙，都
很贴切。

2

【原文】

丰对俭，等对差 [1]，布袄对荆钗 [2]。

雁行对鱼阵，榆塞对兰崖 [3]。

挑荠女，采莲娃 [4]，菊径对苔阶。

诗成六义备，乐奏八音谐 [5]。

造律吏哀秦法酷，知音人说郑声哇 [6]。

天欲飞霜，塞上有鸿行已过；

云将作雨，庭前多蚁阵先排。

【字词解释】

1. 等与差成为对仗，是从二字一个表示相同、一个表示不同的含义上说的。

2. 布袄：粗布衣。荆钗：荆枝制作的髻钗。皆为古代贫家妇女的衣饰。

3. 榆塞：《汉书·韩安国传》："后蒙恬为秦侵胡，辟数千里，以河为竟。累石为城，树榆为塞，匈奴不敢饮马于河。"后因以"榆塞"泛称边关、边塞。兰崖：古地名中有不少称兰崖者，如河南新密有"兰崖偶鹤"之景，此处不确指，主要与榆塞对应。

4. 挑荠女，采莲娃：采荠菜和莲子的女孩。

5. 诗成六义：指《诗经》的"风、雅、颂"和"赋、比、兴"。八音：中国古代八种制造乐器的材料，通常为金、石、丝、竹、匏、土、革、木八种不同质材所制。《史记·五帝本纪》："诗言意，歌长言，声依永，律和声，八音能谐，毋相夺伦，神人以和。"

6.秦法：指秦朝统一后制定的《秦律》。郑声：春秋战国时郑国的音乐。《论语·卫灵公》："放郑声，远佞人。郑声淫，佞人殆。"哇：靡曼的乐声，淫靡。

【点评】

这是上平声"九佳"韵部第二组韵对，韵字分别是"差"、"钗"、"崖"、"娃"、"阶"、"谐"、"哇"、"排"。

这些韵对所涉及的内容也同样是丰富多彩，从增长知识的角度也十分受益。比如"诗成六义备，乐奏八音谐"一对，就包含了关于《诗经》和古代音乐的知识；又比如七字对"造律吏哀秦法酷，知音人说郑声哇"两句，一方面在内容上有对秦朝律法和国风诗歌的评价，另一方面还可以通过其所用的字词了解相关的知识。"造律吏"有说指汉代的萧何，因为秦法（《秦律》）太"酷"而重新制定律法，"酷"就是过于严苛之意。"郑声淫"是孔子对《诗经》中郑风的评价，但是"淫"字不在"九佳"韵部，作者于是用了表示同样意思的"哇"字，真乃煞费苦心。

最后的十字对有对季候、气候现象的细致描绘，第一句是写秋寒季节塞北有雁阵南飞，第二句写下雨之前蚂蚁搬家的情景尤其精彩。农谚说："燕子低飞蛇过道，大雨不久就来到。"这是生物对天气变化的反应，其实蚂蚁搬家也是这样的现象。

3

【原文】

城对市，巷对街，破屋对空阶。

桃枝对桂叶，砌蚓对墙蜗[1]。

梅可望，橘堪怀[2]，季路对高柴[3]。

花藏沽酒市，竹映读书斋。

马首不容孤竹扣，车轮终就洛阳埋[4]。

朝宰锦衣，贵束乌犀之带；

宫人宝髻，宜簪白燕之钗[5]。

【字词解释】

1. 砌蚓、墙蜗，是说墙缝或墙体上的蚯蚓、蜗牛，砌：墙缝或台阶。

2. 这里用"望梅止渴"和"陆绩怀橘"的典故。南朝宋刘义庆《世说新语·假谲》："魏武行役，失汲道，三军皆渴，乃令曰：'前有大梅林，饶子，甘酸可以解渴。'士卒闻之，口皆出水，乘此得及前源。"《三国志·吴志·陆绩传》："绩年六岁，于九江见袁术。术出橘，绩怀三枚，去，拜辞堕地，术谓曰：'陆郎作宾客而怀橘乎？'绩跪答曰：'欲归遗母。'术大奇之。"

3. 季路即子路，名仲由，高柴字子羔，二人都是孔子的弟子，彼此也是好友。

4. 这两句用典。第一句是伯夷叔齐"叩马而谏"的故事，《史记·伯夷列传》："西伯卒，武王载木主，号为文王，东伐纣。伯夷、叔齐叩马而谏曰：'父死不葬，爰及干戈，可谓孝乎？以臣弑君，可谓仁乎？'

左右欲兵之。太公曰：'此义人也。'扶而去之。"第二句用"豺狼当道，安问狐狸"的成语，说的是东汉时使臣张纲弹劾外戚梁冀之事。见《后汉书·张纲传》："汉安元年，选遣八使徇行风俗，皆耆儒知名，多历显位，唯纲年少，官次最微。余人受命之部，而纲独埋其车轮于洛阳都亭，曰：'豺狼当路，安问狐狸！'帝虽知纲言直，终不忍用。"

5.朝宰：朝廷官员。锦衣：华美的衣服。乌犀之带即犀带，饰有犀角的腰带。燕钗：燕形的钗，白燕钗见南朝梁任昉《述异记》卷下："汉武帝元鼎元年，起招灵阁，有一神女，留一玉钗与帝，帝以赐赵婕妤。至昭帝元凤中，宫人见此钗，光莹甚异，共谋欲碎之。明视钗匣，唯见白燕，直升天去。后宫人常作玉钗，因名玉燕钗。"

【点评】

这是上平声"九佳"韵部的最后一组韵对，韵字分别是"街"、"阶"、"蜗"、"怀"、"柴"、"斋"、"埋"、"钗"。

这一组所用地理类、宫室类的词语不少，比如开头的城—市，巷—街，破屋—空阶，下面的砌—墙、沽酒市—读书斋也是。另外就是花草虫鱼类如桃枝—桂叶、梅—橘、花—竹，人名对如季路—高柴，等等。

所包含的文史典故也不少，涉及的历史人物就有曹操、陆绩、子路、子高、伯夷、叔齐和张纲，"陆绩怀橘"是二十四孝里的故事，伯夷叔齐"叩马而谏"和张纲冒死弹劾专权外戚的故事，都各有其意义。相对而言，"花藏沽酒市，竹映读书斋"二句，是表现平民百姓或普通文士日常生活的场景，十分富有诗意。

第十章　灰

1

【原文】

增对损，闭对开，碧草对苍苔。

书签对笔架，两曜对三台[1]。

周召虎，宋桓魋[2]，阆苑对蓬莱[3]。

薰风生殿阁，皓月照楼台。

却马汉文思罢献，吞蝗唐太冀移灾[4]。

照耀八荒[5]，赫赫丽天秋日；

震惊百里，轰轰出地春雷。

【字词解释】

1. 曜：日月星辰均称曜。两曜指日、月。三台：三台星。《晋书·天文志上》："三台六星，两两而居，起文昌，列抵太微。一曰天柱，三台之位也。在人曰三公，在天曰三台，主开德宣符也。"

2. 召虎：即召穆公，周朝诸侯国召国君主之一。桓魋：又称向魋，东周春秋时期宋国司马，成语殃及池鱼即出自他。

3. 阆苑：也称阆风苑、阆风之苑，传说中在昆仑山之巅，是西王母居住的地方。古诗词中常用来泛指神仙居住的地方或帝王宫苑。蓬莱：古代方士传说中的仙人所居的山，《山海经·海内北经》："蓬莱山在海中。"

4. 罢献：即"汉文却马"的故事。《汉书·贾捐之传》："时有献千里马者，诏曰：'鸾旗在前，属车在后，吉行五十里，师行（三）十里，朕乘千里之马，独先安之？'于是还马。"吞蝗移灾：唐代太宗事，《贞观政要》记载："太宗入苑视禾，见蝗虫，掇数枚而咒曰：'人以谷为命，而汝食之，是害于百姓。百姓有过，在予一人，尔其有灵，但当蚀我心，无害百姓。'将吞之……"冀：期望。

5. 八荒：也叫八方，指东、西、南、北、东南、东北、西南、西北等八面方向，指离中原极远的地方。后泛指周围、各地。

【点评】

这是上平声"十灰"韵部的第一组韵对，以"灰"字代表，用到的韵字有"开"、"苔"、"台"、"魋"、"莱"、"台"、"灾"、"雷"。这些字在今天虽不同音，但在中古音里属于同一个韵部。

开头两个单字对，用的是两组动词：增—损，闭—开，接着分别是草木对：碧草—苍苔，文具对：书签—笔架，天文对：两曜—三台，宫室对：阆苑—蓬莱，人名对：召虎—桓魋。后面几组都是各类词语组合的多字对了。

汉文却马和太宗吞蝗的故事，在古代往往被作为君王俭约自持、体恤百姓的佳话得以传扬，在今天也自有积极的镜鉴意义，值得为官者思考。

2

【原文】

沙对水，火对灰，雨雪对风雷。

书淫对传癖[1]，水浒对岩隈[2]。

歌旧曲，酿新醅[3]，舞馆对歌台。

春棠经雨放，秋菊傲霜开。

作酒固难忘曲蘖，调羹必要用盐梅[4]。

月满庾楼，据胡床而可玩；

花开唐苑，轰羯鼓以奚催[5]。

【字词解释】

1. 书淫：书淫旧时称嗜书成癖，好学不倦的人。《晋书·皇甫谧列传》："遂不仕。耽玩典籍，忘寝与食，时人谓之'书淫'。或有箴其过笃，将损耗精神。谧曰：'朝闻道，夕死可矣，况命之修短分定悬天乎！'"

传癖：西晋杜预事。见《裴子语林》："武帝问杜预：'卿有何癖？'对曰：'臣有《左传》癖。'"

2. 浒：水边。岩隈：深山曲折处。

3. 新醅：新酿的酒。唐代白居易《问刘十九》："绿蚁新醅酒，红泥小火炉。"

4. 曲蘖：上古通指酒曲，后"曲"指发霉的谷粒，"蘖"指发芽的谷粒。

盐梅：盐和梅，盐味咸，梅味酸，可以调味。《尚书》卷十"商书·说命下"："尔惟训于朕志，若作酒醴，尔惟曲蘖；若作和羹，尔惟盐梅。"

5. 庾楼：又名庾公楼，在江西九江城西北长江岸边，为东晋名臣庾亮做江州刺史所建。羯鼓：汉语有羯鼓催花成语，说的是唐玄宗喜好羯鼓，曾在内庭击鼓，使得庭中杏花开放；又有一说杨贵妃曾命敲击羯鼓以使桃杏花开。

【点评】

这组韵对共十个，韵字分别是"灰"、"雷"、"隗"、"醅"、"台"、"开"、"梅"、"催"。

曲蘖、盐梅分别用于酿酒和调味，属于生活知识，不过作为生活知识，现代人在具体用法上与古人已经有所不同，对古人用这两样东西的具体背景也未必十分清楚，不妨找一些参考文献做些了解。比如曲与蘖的不同，又比如盐的咸味今人不难理解，而用梅的酸味当醋就可能不太知道了。还有一点，盐与梅的关系在古代还有种种比喻义，如盐梅相成、盐梅舟楫、盐梅之寄等，也都是有趣的知识。

3

【原文】

休对咎¹，福对灾，象箸对犀杯²。

宫花对御柳，峻阁对高台。

花蓓蕾，草根荄³，剔薜对剜苔⁴。

雨前庭蚁闹，霜后阵鸿哀⁵。

元亮南窗今日傲，孙弘东阁几时开⁶。

平展青茵，野外茸茸软草；

高张翠幄，庭前郁郁凉槐⁷。

【字词解释】

1. 休：此处为吉庆、美善、福禄意。咎：灾祸。休咎：吉与凶，善与恶。唐代刘知几《史通·书志》："然而古之国史闻异则书，未必皆审其休咎，详其美恶也。"

2. 象箸：指象牙制作的筷子。犀杯：犀牛角雕成的酒杯。

3. 荄：草根。根荄：亦作根垓、根核，植物的根。

4. 剔薜、剜苔：语出唐代文学家韩愈《石鼓歌》："剜苔剔薜露节角"，意谓只有把蒙在石碑上的苔薜剜剔干净才能看清碑上的文字，杭州西泠印社社址内有"剔薜亭"。

5. 此两句言气候和季候现象，第一句说的是下雨前蚂蚁群会出现异常现象，如蚂蚁搬家；第二句说的是深秋季节大雁南飞。

6. 这两句用典。第一句化用晋代文学家陶渊明（字元亮）《归去来兮辞》句子："倚南窗以寄傲，审容膝之易安。"第二句用西汉名臣公孙弘事，公孙弘为相时在丞相府邸东边开了一个小门，营建馆所接待贤士宾客，与他们共商国是。因有成语"东阁待贤"。

7. 茵：铺垫的东西，青茵即绿草地。幄：帐幕。翠幄：翠色的帐幔。

【点评】

这是上平声"十灰"韵部最后一组韵对，韵字为"灾"、"杯"、"台"、"荄"、"苔"、"哀"、"开"、"槐"。

休、咎、福、灾，从词语类别角度，都属于人事方面的，接下来几组如象箸—犀杯、宫花—御柳、峻阁—高台，分属器物和宫室类，却也不是寻常百姓家里有的东西，而是皇室贵族之物，这里可以见出《声律启蒙》编写者知识储备的丰富。另一方面，他也熟悉其他各类知识如气象、节令、花木虫鱼、历史传说，比如前面曾讲到下雨前蚂蚁搬家的气象征兆，这一节里又有"雨前庭蚁闹，霜后阵鸿哀"两句，说的是同样的自然现象。

陶元亮南窗寄傲和公孙弘东阁待贤的故事也是中国历史上的佳话，以此构成佳对，也令人眼前一亮。

第十一章 真

1

【原文】

邪对正，假对真，獬豸对麒麟[1]。

韩卢对苏雁[2]，陆橘对庄椿[3]。

韩五鬼，李三人[4]，北魏对西秦。

蝉鸣哀暮夏，莺啭怨残春。

野烧焰腾红烁烁[5]，溪流波皱碧粼粼。

行无踪，居无庐，颂成酒德[6]；

动有时，藏有节，论著钱神[7]。

【字词解释】

1. 獬豸：古代传说中的异兽，俗称独角兽，能辨是非曲直，是中国执法公正的化身。麒麟：古代汉族神话传说中的祥兽，性情温和，寿命两千余年。

2. 韩卢：战国时韩国的名犬。卢：黑色。《战国策·秦策三》："以秦卒之勇，车骑之多，以当诸侯，譬若驰韩卢而逐蹇兔也。"后来成为狗的别称。苏雁：指汉代苏武牧羊以鸿雁传书之事。

3. 陆橘：指陆绩怀橘之事。庄椿：《庄子·逍遥游》中以八千岁为春、八千岁为秋的椿树。

4. 韩五鬼：唐代韩愈有《送穷文》，将智穷、学穷、文穷、命穷、交穷称为"五穷鬼"。李三人：唐代李白《月下独酌》诗有句："举杯邀明月，对影成三人。"

5. 野烧：野火。唐代严维《荆溪馆呈丘义兴》："野烧明山郭，寒更出县楼。"

6.酒德一句化用魏晋时刘伶《酒德颂》:"行无辙迹,居无室庐。幕天席地,纵意所如。"

7.钱神一句化用西晋鲁褒《钱神论》:"动静有时,行藏有节。市井便易,不患耗折。"

【点评】

这是上平声"十一真"韵部第一组韵对,押"真"韵,韵字有"真"、"麟"、"椿"、"人"、"秦"、"春"、"獬"、"神"。

这组韵对中涉及的传统文化内容不少,可以在诵读中做些了解。法律的"法"字,古写作"灋",是会意字。从"水",表示法律、法度公平如水的表面;从"廌"(音 zhì),即解廌,也就是本组第三个韵对中的"獬豸",神话传说中能辨别曲直的神兽,这里体现出了汉字的魅力。

韩愈的《送穷文》以幽默风格写自己的"穷",而创造了"五穷鬼",李白的《月下独酌》状写个人的孤独写出了"对影成三人"的妙句。魏晋文人刘伶写《酒德颂》,西晋文人鲁褒写《钱神论》,皆蔚为大观,表现出来的当然不仅仅是作者的文采,还有隐藏在文字后面的文化和智慧,十分耐人寻味。

2

【原文】

哀对乐，富对贫，好友对嘉宾。

弹冠对结绶[1]，白日对青春[2]。

金翡翠，玉麒麟[3]，虎爪对龙麟。

柳塘生细浪，花径起香尘。

闲爱登山穿谢屐，醉思漉酒脱陶巾[4]。

雪冷霜严，倚槛松筠同傲岁[5]；

日迟风暖，满园花柳各争春。

【字词解释】

1. 弹冠结绶是汉语成语，见《汉书·萧育传》："（育）少与陈咸、朱博为友，著闻当世。往者有王阳、贡公，故长安语曰：'萧朱结绶，王贡弹冠'，言其相荐达也。"弹冠，本义为弹去冠上的灰尘、整冠。结绶，本义为佩系印绶，后谓出仕为官。

2. 白日、青春：唐代杜甫《闻官军收河南河北》有句："白日放歌须纵酒，青春作伴好还乡。"

3. 金翡翠和玉麒麟在古代诗文中有多种意思，既可以指翡翠鸟和麒麟，也可以指有翡翠鸟图样的帷帐、罗罩和刻有麒麟的玉质符信。

4. 这两句分别用谢灵运和陶渊明的典故。谢屐也称谢公屐，指南朝谢灵运登山时穿的一种木鞋，陶巾指东晋陶渊明戴的葛巾。漉：竭尽。《宋书·隐逸传·陶潜》："郡将候潜，值其酒熟，取头上葛巾漉酒毕，还复着之。"唐代王绩《尝春酒》："野觞浮郑酌，山酒漉陶巾。"

5.筠：竹。松筠：松和竹。

【点评】

这组韵对的韵字为"贫"、"宾"、"春"、"麟"、"麟"、"尘"、"巾"、"春"，其中重复的字不少。

作为声律训练的读物，一般的对仗从字词的对应性出发就够了，不一定传达什么深意，比如"哀对乐，富对贫，好友对嘉宾"之类。但有些稍微复杂的长对，作者引经据典，往往就不期然而然地形成了某种观念或态度，带上了某种价值观、人生观、世界观的内容，这也不难理解。如"闲爱登山穿谢屐，醉思漉酒脱陶巾"两句，因为用的是谢灵运和陶渊明的故事，就十分自然地把谢灵运、陶渊明在历史上所代表的生活观念传达出来了，一个"闲"字、一个"醉"字，会让读者由此联想到他们对生活的那种潇洒、自然的态度。

最后的十字对也是如此，一个写出了"傲岁"的松竹，一个表现了"争春"花柳，其实这里面，都蕴含着中国人对生活的一些态度。

3

【原文】

香对火，炭对薪，日观对天津¹。

禅心对道眼²，野妇对宫嫔³。

仁无敌，德有邻⁴，万石对千钧⁵。

滔滔三峡水，冉冉一溪冰。

充国功名当画阁，子张言行贵书绅⁶。

笃志诗书，思入圣贤绝域；

忘情官爵，羞沾名利纤尘。

【字词解释】

1.此处日观、天津相对，"观"、"津"同为名词，且一个为仄声，一个为平声，这里不一定是实际地名。

2.禅心：佛教用语，指清静寂定的心境。道眼：佛教用语，指能洞察一切，辨别真妄的眼力。

3.嫔：有多义，此处宫嫔指宫廷中帝王的侍妾。

4.此两句皆为儒家名言，"仁无敌"出自《孟子·尽心下》"仁人无敌于天下。""德有邻"出自《论语·里仁》"德不孤，必有邻。"

5.万石、千钧都是表示数量的词语。石：容量单位，十斗为一石。钧：古代重量单位，合三十斤。

6.充国：赵充国，西汉名将，与霍光等人一同画肖像于未央宫麒麟阁中，为"麒麟阁十一功臣"之一。子张：孔子的弟子，名颛孙师。绅：束腰的带子。《论语·卫灵公》记载："子张问行，子曰：'言忠信，行笃敬，虽蛮貊之邦，行矣。言不忠信，行不笃敬，虽州里，行乎哉？立则见其参于前也，在舆则见其倚于衡也，夫然后行。'子张书诸绅。"

【点评】

这是上平声"十一真"韵部的最后一组韵对，韵字是"薪"、"津"、"嫔"、"邻"、"钧"、"冰"、"绅"、"尘"。

这组韵对，从内容上看，有几个对子传达出的多是古代儒家的道德观念。"仁无敌，德有邻"直接化用了《孟子》和《论语》中的名言，很经典。"充国功名当画阁，子张言行贵书绅"表彰了古代两位立功、立言的典范，赵充国是武将，颛孙师（子张）是孔子最忠实的弟子。"笃志诗书，思入圣贤绝域；忘情官爵，羞沾名利纤尘"两句所要表达的就更清楚、直接了，一方面鼓励人们立志攻读"诗书"，一方面要求人们不受"官爵"的诱惑，而且指出了两种态度导致的结果，攻读诗书，是为了使自己的思绪进入"圣贤绝域"；不为"官爵"所诱，是为了避免沾染"名利纤尘"，这正是儒家道德教育的典型语言。

第十二章

文

1

【原文】

家对国，武对文，四辅对三军[1]。

九经对三史[2]，菊馥对兰芬。

歌北鄙，咏南薰[3]，迩听对遥闻[4]。

召公周太保，李广汉将军[5]。

闻化蜀民皆草偃，争权晋土已瓜分[6]。

巫峡夜深，猿啸苦哀巴地月；

衡峰秋早[7]，雁飞高贴楚天云。

【字词解释】

1.四辅：古代官名，西汉太师、太傅、太保、少傅合称。平帝元始元年置，位居三公上。三军：周制，诸侯大国三军。中军最尊，上军次之，下军又次之。一军一万二千五百人，三军合三万七千五百人。或指古代步、车、骑三军，也泛指军队。

2.九经、三史：泛指古代典籍，具体名目相传不一。

3.北鄙：指殷纣时的音乐，后世视为亡国之声。南薰：指《南风》歌，相传为虞舜所作，歌中有"南风之薰兮，可以解吾民之愠兮"的词句。

4.迩：意为近，与遥相反。

5.召公周太保、李广汉将军，都是历史人物。召公为周文王的儿子、周武王的弟弟，李广为西汉名将。

6.这两句用典。第一句是文翁化蜀的故事，即西汉文翁在蜀地为官时教化当地人民并使之改观的事。偃：倒伏，草偃：风一吹草就倒下，比喻道德文教能感化人。第二句指的是三家分晋之事，即春秋末年，晋国被韩、赵、魏三家瓜分的事件。

7.巫峡对衡峰，巫峡即长江三峡之一，唐代杜甫《闻官军收河南河北》："即从巴峡穿巫峡，便下襄阳向洛阳。"衡峰即衡山。唐代宋之问《自衡阳至韶州谒能禅师》："湘岸竹泉幽，衡峰石囷闭。"

【点评】

这是上平声"十二文"韵部的第一组十个韵对，韵字有"文"、"军"、"芬"、"熏"、"闻"、"军"、"分"、"云"。

家—国相对，武—文相对，其他各对也都平仄和谐，其中"歌北鄙，咏南薰"涉及中国古代的音乐知识，"召公周太保，李广汉将军"直接用古代人名，七字对"闻化蜀民皆草偃，争权晋土已瓜分"分别用了文翁化蜀和三家分晋的历史故事，也可借此了解一些中国古代历史、文化知识。譬如"文翁化蜀"之事，发生在西汉时期，据《汉书·循吏传·文翁》记载："文翁……景帝末为蜀郡守。仁爱好教化，见蜀地辟陋，有蛮夷风。文翁欲诱进之，乃选郡县小史开敏有材者张叔等十余人，亲自饬厉，遣诣京师，受业博士，……又修起学官于成都市中，招下县子弟以为学官弟子。……武帝时，乃今天下郡国皆立学校官，自文翁为之始云……至今巴蜀好文雅，文翁之化也。"这是中国教育史上的佳话。唐代诗人杜甫有诗句称赞："诸葛蜀人爱，文翁儒化成。""但见文翁能化俗，焉知李广未封侯。"

2

【原文】

敧对正[1]，见对闻[2]，偃武对修文[3]。

羊车对鹤驾[4]，朝旭对晚曛[5]。

花有艳，竹成文，马燧对羊欣[6]。

山中梁宰相，树下汉将军[7]。

施帐解围嘉道韫，当垆沽酒叹文君[8]。

好景有期，北岭几枝梅似雪；

丰年先兆，西郊千顷稼如云。

【字词解释】

1. 敧：倾斜，与"正"字对应。

2. 见闻二字相对，因为见是眼睛看见，闻是耳朵听到。

3. 偃：停止。修：昌明，修明。成语偃武修文意指停止武事，振兴文教。《尚书·武成》："王来自商，至于丰，乃偃武修文。"

4. 这句用典。羊车：指晋武帝司马炎"羊车望幸"之事。唐代房玄龄等《晋书·列传第一·胡贵嫔传》："时帝多内宠，平吴之后复纳孙皓宫人数千，自从掖庭殆将万人。而并宠者甚众，帝莫知所适，常乘羊车，恣其所之，至便宴寝。宫人乃取竹叶插户，以盐汁洒地，而引帝车。"鹤驾：指传说中周灵王太子晋"乘白鹤驻山头"的故事，见汉代刘向《列仙传·王子乔》。屈原《远游》："轩辕不可攀援兮，吾将从王乔而娱戏。"李白诗句："吾爱王子乔，得道伊洛滨。"

5. 曛：落日的余光，与"旭"相对。

6. 马燧：字洵美，唐朝名将。羊欣：字敬元，泰山南城人，南朝宋书法家。

7. 这两句说的是两位历史人物："山中宰相"和"大树将军"。前者指南朝陶弘景隐居句容句曲山，梁武帝萧衍每入山咨询国事，故有"山中宰相"之称。东汉冯异辅佐光武帝刘秀重得天下，独坐大树之下而不争功，被人称为"大树将军"。

8. "施帐解围"是东晋女诗人谢道韫的故事，史载她曾为与人论说而为处于下风的小叔子王献之解围，令客人佩服之至。"当垆沽酒"是卓文君之事。垆：旧时酒店里安放酒瓮的土台子，亦指酒店。《史记·司马相如列传》："（相如）买一酒舍酤酒，而令文君当垆。"

【点评】

这是上平声"十二文"韵部第二组韵对，韵字有"闻"、"文"、"曛"、"文"、"欣"、"军"、"君"、"云"。

《声律启蒙》作为一种汉语声律训练的读本，首先注重的便是文字声韵的和谐动听，全书三十个平声韵部，每个韵部均包含三组韵对，每组韵对又包含十个长长短短的对仗，这样总共就有九百个对仗，从单字对到十字对按照一定的格式编写出来，工作量不可谓不大！而每一个对仗读来都朗朗上口，而又必须符合词性和平仄的要求，技术上也不可谓不工！

这一组韵对中，从声音角度欣赏，可以赞叹编写者对历史典故的巧妙运用，以之编为对句不但音律上特别工整，而且意义上也很能呼应，真有巧对天工之美。"山中梁宰相，树下汉将军。施帐解围嘉道韫，当垆沽酒叹文君。"试读这两个对句，声音的美感和意义的美感同时呈现，四个历史人物以如此雅致的方式出场，令人感叹汉语的声音之美。

3

【原文】

尧对舜，夏对殷，蔡惠对刘蕡[1]。

山明对水秀，五典对三坟[2]。

唐李杜，晋机云[3]，事父对忠君[4]。

雨晴鸠唤妇，霜冷雁呼群[5]。

酒量洪深周仆射，诗才俊逸鲍参军[6]。

鸟翼长随，凤兮洵众禽长；

狐威不假，虎也真百兽尊[7]。

【字词解释】

1. 蔡惠、刘蕡：二人都是历史人物，蔡惠为汉代人，传因梦而加官进爵；刘蕡是唐代人，因进士"对策"指斥宦官祸国而不为录取授官。

2. 三坟五典：指中国最古老的书籍。《尚书序》："伏牺（羲）、神农、黄帝之书，谓之《三坟》，言大道也。少昊、颛顼、高辛（喾）、唐（尧）、虞（舜）之书，谓之《五典》，言常道也。"

3. 唐李杜：指唐代李白、杜甫。晋机云：指西晋陆机、陆云兄弟。

4. 事父、忠君二词出自《论语·阳货》："小子何莫学夫诗？诗可以兴，可以观，可以群，可以怨。迩之事父，远之事君，多识于鸟兽草木之名。"

5. 雨晴鸠唤妇：宋代陆佃《埤雅》：鸠"阴则屏逐其匹，晴则呼之。语曰'天将雨。鸠逐归'也"。

6. 第一句是"三日仆射"的故事，出自《晋书·周颙传》："颙以雅望获海内盛名，后颇以酒失，为仆射，略无醒日，时人号为'三日仆射'。"

仆射：官名。第二句指南朝宋文学家鲍照，唐代杜甫《春日怀李白》："清新庾开府，俊逸鲍参军。"

7. 第一句是说凤诚然为众禽之长。洵：假借为"恂"，诚然，确实。宋代师旷《禽经》："'鸟之属，三百六十，凤为之长。'……飞，则群鸟从。"第二句化用"狐假虎威"的典故，说明虎为百兽之尊。

【点评】

这是上平声"十二文"韵部最后一组韵对，韵字为"殷"、"蕡"、"坟"、"云"、"君"、"群"、"军"、"尊"。

声律之外，再略说几句韵对中涉及的一个历史人物。有两个成语人们至今还常会用到，一个是"空洞无物"，一个是"我虽不杀伯仁，伯仁实因我而死"，但未必知道两个成语都与"酒量洪深周仆射"中的周仆射有关。周仆射，姓周名颙，字伯仁，东晋世家子弟，关于他的故事实在太多了！韵对中说的是他的酒量，用了"洪深"二字，《世说新语·任诞》这样描述他："过江积年，恒大饮酒，尝经三日不醒。时人谓之三日仆射。"他还经常抱怨没有喝酒的对手，有一回一个老友来到，他很高兴，搬出两石酒，两人都喝得酩酊大醉，可待到周颙酒醒，却发现客人已醉死了。

"空洞无物"来自他与另一位好友王导的对话。一次，王导"尝枕颙膝而指其腹曰：'此中何所有也？'答曰：'此中空洞无物，然足容卿辈数百人。'"

可是这个王导，因为不了解实情而误会了周颙，结果在王导弟弟王敦举兵成事后考虑如何处理周颙时，王导竟然不表态，导致周颙被杀。及至王导知道了周颙当初上书为他开罪的真像，后悔莫及，才对子孙们感慨道："吾虽不杀伯仁，伯仁由我而死。幽冥之中，负此良友！"

魏晋时代多俊杰名士，周颙也该算一个。

第十三章

元

1

【原文】

幽对显，寂对喧，柳岸对桃源。
莺朋对燕友¹，早暮对寒暄²。
鱼跃沼，鹤乘轩³，醉胆对吟魂⁴。
轻尘生范甑，积雪拥袁门⁵。
缕缕轻烟芳草渡，丝丝微雨杏花村。
诣阙王通，献太平十二策；
出关老子，著道德五千言⁶。

【字词解释】

1. 莺朋燕友：成群结伴的黄莺和燕子。元代不忽木《点绛唇·辞朝》：
"谁待似落花般莺朋燕友？谁待似转灯般龙争虎斗？"

2. 早暮：即早晚；寒暄：即冷暖。

3. 鱼跃沼：用周文王征民建灵台沼，并在沼中养鱼之事，《诗·大雅·灵
台》："王在灵沼，于牣鱼跃。"鹤乘轩：卫懿公喜欢养鹤，甚至给鹤封
官位，享官禄，又把大夫乘坐的车子给鹤乘坐，百姓怨声载道。《左
传·闵公二年》："冬十二月，狄人伐卫。卫懿公好鹤，鹤有乘轩者。将
战，国人受甲者皆曰：'使鹤，鹤实有禄位，余焉能战。'"

4. 醉胆：酒后的胆量，形容豪气。金代元好问《过希颜故居》："缺壶声
里《短歌行》，星斗阑干醉胆横。"吟魂：诗魂，吟咏之魂。宋代苏舜钦
《师黯以彭甘五子为寄》："枕畔冷香通醉梦，齿边余味涤吟魂。"

5. 这两句用典。第一句说的是东汉名士范丹（亦名冉，字史云）家贫

而竟甑中生尘、釜中生鱼的故事，见《后汉书》卷八十一："冉穷居自若，言貌无改，闾里歌之曰：'甑中生尘范史云，釜中生鱼范莱芜。'"甑：古代的蒸食用具；釜：古代烹饪器具。第二句"积雪拥袁门"指东汉名臣"袁安困雪"之事，《后汉书·袁安传》李贤注引晋周斐《汝南先贤传》记载："时大雪积地丈余，洛阳令身出案行，见人家皆除雪出，有乞食者。至袁安门，无有行路。谓安已死，令人除雪入户，见安僵卧。问何以不出。安曰：'大雪人皆饿，不宜干人。'令以为贤，举为孝廉。"

6. 这两句也用典故。第一句是隋末唐初教育家王通献策之事，史载隋文帝仁寿四年，王通西游长安，献《太平十二策》，不为采纳。乃退归故里开馆授徒。第二句说的是春秋时期思想家老子（李耳）之事，"道德五千言"指老子的著作《道德经》。

【点评】

这是上平声"十三元"韵部第一组韵对，韵字分别是"喧"、"源"、"暄"、"轩"、"魂"、"门"、"村"、"言"。

幽—显、寂—喧、柳岸—桃源、莺朋—燕友、早暮—寒暄、醉胆—吟魂、芳草渡—杏花村，这些相互对应的词汇，本来都是中国传统诗文最常用的，这一方面说明古汉语与文言文所使用语言的书面化和文学化特征，另一方面也说明了《声律启蒙》作者对这种语言的熟悉，可谓驾轻就熟。

还有，运用历史典故编制对仗也是作者乐于并且擅长为之的，几乎每一组韵对中都包含两三个甚至五六个历史故事和传说，而且这些传说、故事的主题都侧重传统道德观念，这也是《声律启蒙》的一个显著特点。

这一组韵对中，"鹤乘轩"的故事有对统治者的批评，范丹（冉）、袁安、王通、老子都是凸显其正面意义，仔细吟味，给人的启发是深刻的。

2

【原文】

儿对女，子对孙，药圃对花村。

高楼对邃阁[1]，赤豹对玄猿[2]。

妃子骑，夫人轩[3]，旷野对平原。

匏巴能鼓瑟，伯氏善吹埙[4]。

馥馥早梅思驿使，萋萋芳草怨王孙[5]。

秋夕月明，苏子黄岗游赤壁；

春朝花发，石家金谷启芳园[6]。

【字词解释】

1. 邃阁：深幽的楼阁。清代孔贞瑄《泰山纪胜·万仙楼》："一天门，历万仙楼，山路纡折，涧水潆带，树木葱然，望之如重堂邃阁。"

2. 赤豹、玄猿：古诗文中名词，如屈原《九歌·山鬼》："乘赤豹兮从文狸，辛夷车兮结桂旗。"唐代吴筠著《玄猿赋》。玄：黑中带红之色。

3. 妃子骑：唐代杨贵妃事。《唐国史补》记载："杨贵妃生于蜀，好食荔枝。南海所生，尤胜蜀者，故每岁飞驰以进。"唐代杜牧诗《过华清宫》："一骑红尘妃子笑，无人知是荔枝来。"夫人轩：指鱼轩，古时妇人坐的车，用鱼皮做装饰，故名。

4. 匏巴鼓瑟：《列子·汤问》："匏巴鼓琴而鸟舞鱼跃。"张湛注："匏巴，古善鼓琴人也。荀子《劝学篇》："昔者匏巴鼓瑟而流鱼出听，伯牙鼓琴而六马仰秣。"伯氏吹埙：《旧唐书·音乐志》："埙，立秋之音，万物曛黄也，埏土为之……"《诗经》云："伯氏吹埙，仲氏吹篪。"

5.第一句言"驿使梅花"之事，见《太平御览》卷九七〇引南朝宋盛弘之《荆州记》："陆凯与范晔相善，自江南寄梅花一枝，诣长安与晔，并赠花诗曰：'折梅逢驿使，寄与陇头人。江南无所有，聊赠一枝春。'"第二句言"芳草王孙"之典，西汉淮南小山《楚辞·招隐士》："王孙游兮不归，春草生兮萋萋。"后以"芳草王孙"为思远怀人之典。前蜀韦庄《春日》诗："红尘遮断长安陌，芳草王孙暮不归。"

6.第一句化用宋代苏轼《前赤壁赋》句："壬戌之秋，七月既望，苏子与客泛舟，游于赤壁之下。"黄岗绝壁：即黄冈赤壁，位于湖北省黄州城西。第二句说的是西晋石崇与金谷园的故事。《晋书·石崇传》："崇有别馆在河阳之金谷，一名梓泽，送者倾都，帐饮于此焉。"

【点评】

这是上平声"十三元"韵部第二组韵对，韵字分别是："孙"、"村"、"猿"、"轩"、"原"、"埙"、"孙"、"园"。

其中涉及的典故也有不少，但"妃子骑"并不是固定的成语，"夫人轩"所指的实际上叫作"鱼轩"，作者从对仗的角度做了调整。匏巴是传说中的乐人，而伯氏只是兄弟排行中老大的意思，"伯氏吹埙"与原文"仲氏吹篪"相承，而不是两个可以对应的人名。

驿使梅花、芳草王孙都是古诗文中的佳话，为后来的诗人所乐用，如唐代诗人王维的《山中送别》："山中相送罢，日暮掩柴扉。春草年年绿，王孙归不归。"再如唐代白居易《赋得古原草送别》最后一联"又送王孙去，萋萋满别情"也是从这里延伸出来的。

3

【原文】

歌对舞，德对恩，犬马对鸡豚¹。

龙池对凤沼²，雨骤对云屯³。

刘向阁，李膺门⁴，唳鹤对啼猿⁵。

柳摇春白昼，梅弄月黄昏。

岁冷松筠皆有节，春喧桃李本无言⁶。

噪晚齐蝉，岁岁秋来泣恨；

啼宵蜀鸟，年年春去伤魂⁷。

【字词解释】

1.豚：小猪。

2.龙池、凤沼：或指禁苑中池沼，或指琴的洞眼。

3.屯：聚集。云屯：云彩聚集。

4.刘向阁：指汉代的国家档案馆天禄阁，西汉著名学者杨雄、刘向、刘歆等都曾在天禄阁校对书籍。李膺门：李膺，汉桓帝时任司隶校尉。《后汉书·党锢列传·李膺》："是时朝廷日乱，纲纪颓弛，膺独持风裁，以声名自高。士有被其容接者，名为登龙门。"后因以"李膺门"、"李膺门馆"誉称名高望重之家。

5.唳鹤、啼猿：古诗文中词语，如鹤唳风声、虎啸猿啼等。

6.第一句乃松竹有节，第二句乃桃李无言。

7.齐蝉：晋代崔豹《古今注》下《问答释义》："牛亨问曰：'蝉名齐女者何？'答曰：'齐王后忿而死，尸变为蝉，登庭树，嘒唳而鸣。王悔恨。

故世名蝉曰齐女也。'"蜀鸟：即古蜀国望帝杜宇化为杜鹃鸟的传说。

【点评】

这是上平声"十三元"韵部最后一组韵对，韵字分别是"恩"、"豚"、"屯"、"门"、"猿"、"昏"、"言"、"魂"。

古代诗文所用词汇虽说足够丰富，可在一个相对封闭的文化环境中就难免重复使用，往往一个历史典故被前朝后代若干诗人反复引用，这也是传统诗词既难写又容易写的原因。因为入门前，所有的知识都还陌生，一下子不便掌握，但是一旦入了门，就会逐渐产生驾轻就熟之感，如果不能做到熟能生巧甚至推陈出新，就很容易在既定的圈子里陈陈相因了。

比如"啼猿"、"蜀鸟"这些典故和"松筠"这类词，作者就往往会重复用到，类似的还有雨前蚁阵现象等等。当然，这也是正常现象，特别是作为一种声律训练，是无法完全避免的。

第十四章　寒

1

【原文】

多对少，易对难，虎踞对龙蟠[1]。

龙舟对凤辇[2]，白鹤对青鸾。

风淅淅，露泫泫[3]，绣毂对雕鞍[4]。

鱼游荷叶沼，鹭立蓼花滩。

有酒阮貂奚用解，无鱼冯铗必须弹[5]。

丁固梦松，柯叶忽然生腹上；

文郎画竹，枝梢倏尔长毫端[6]。

【字词解释】

1. 虎踞龙蟠：是汉语成语，形容地势雄壮险要。常指帝都。唐代刘知几《史通·书志》："千门万户，兆庶仰其威神；虎据龙蟠，帝王表其尊极。"

2. 凤辇：晋王嘉《拾遗记·周穆王》："西王母乘翠凤之辇而来。"后用"凤辇"称仙人的车乘。也指皇帝的车驾或华贵的车驾。

3. 泫泫：露多貌。一说为露珠圆貌。《诗·郑风·野有蔓草》："零露泫兮。"《毛传》："泫泫然盛多也。"唐代许浑《酬康州韦侍御同年》诗："桂楫美人歌木兰，西风袅袅露泫泫。"

4. 绣毂：毂是车轮中心的圆木，周围与车辐的一端相接，中有圆孔，可以插轴，借指车轮或车。绣毂雕鞍：指雕饰有精美图案的车轮和马鞍。

5. "有酒阮貂奚用解"，此句出自成语"阮貂换酒"。晋代阮孚任黄门侍郎时，尝以金貂换酒，为所司弹劾，而皇帝并未追究，见《晋书·阮孚传》。后因以"阮貂换酒"为帝王偏爱臣下之典。"无鱼冯铗必须弹"

一句来自成语"冯谖弹铗"。冯谖为孟尝君手下最得力的谋士，曾弹剑把而歌，要鱼，要车，要养家。铗：剑柄。事见《战国策·齐策》。

6. 丁固梦松：《三国志》卷四十八《吴书·三嗣主·孙皓传》："裴松之注引《吴书》曰：初，固为尚书，梦松树生其腹上，谓人曰：'松字十八公也，后十八岁，吾其为公乎！'卒如梦焉。"文郎画竹：文郎即北宋画家、诗人文同，文同以善画竹著称，成语"胸有成竹"即出自其画竹的论述。

【点评】

这是上平声"十四寒"韵部第一组韵对，韵字分别是"难"、"蟠"、"鸾"、"洿"、"鞍"、"滩"、"弹"、"端"。

《声律启蒙》是从对仗训练角度入手，采取先易后难、循序渐进方式，每则都由单字对开始，再为二字对、三字对，直到最后的十字对，那也是难度最大的。作为读者，也可以按照这种设计，边读边练，提高自己对每个韵部的熟悉程度和对仗水平。比如看了多—少、易—难这样的单字对，自己就可以循着这个例子找几个"寒"韵的单字联系，二字对、三字对、五字对也同样，还可以从自己过去学过的古诗中找找押"寒"韵的句子，如唐代元稹的《惧醉·答卢子蒙》："闻道秋来怯夜寒，不辞泥水为杯盘。殷勤惧醉有深意，愁到醒时灯火阑。"再如唐代杜甫的《宿府》："清秋幕府井梧寒，独宿江城蜡烛残。"

2

【原文】

寒对暑，湿对干，鲁隐对齐桓¹。
　寒毡对暖席²，夜饮对晨餐。
　叔子带，仲由冠³，郏鄏对邯郸⁴。
　嘉禾忧夏旱，衰柳耐秋寒。
杨柳绿遮元亮宅，杏花红映仲尼坛⁵。
　江水流长，环绕似青罗带；
　海蟾轮满，澄明如白玉盘⁶。

【字词解释】

1. 鲁隐、齐桓：即春秋时期的鲁隐公和齐桓公。

2. 寒毡：音 hán zhān，唐代郑虔之事。《新唐书·文艺传中·郑虔》："在官贫约甚，澹如也。 杜甫尝赠以诗曰：'才名四十年，坐客寒无毡'云。"后以"寒毡"形容寒士清苦的生活。暖席：温暖的座位，见《淮南子·修务训》："孔子无黔突，墨子无暖席。"

3. 叔子带：叔子是晋名臣羊祜的字，成语"轻裘缓带"指羊祜在军中常穿着轻暖的皮衣，系着宽大的带子而不披甲。仲由冠：仲由即子路，孔子的弟子，志气刚强，性格直爽，头戴雄鸡冠式的帽子。

4. 郏鄏：音 jiá rǔ，古代地名，周朝东都，故地在今河南省洛阳市。邯郸：古代地名，今为河北省邯郸市。

5. 元亮宅：陶潜陶元亮的居所，陶渊明，名潜，字渊明，又字元亮。仲尼坛：孔子孔仲尼设教的杏坛。

6.海蟾：海上的满月，蟾音 chán，汉族神话传说月宫有一只三条腿的蟾蜍，因而后人也把月宫叫蟾宫。

【点评】

　　这是上平声"十四寒"韵部第二组韵对，韵字有"干"、"桓"、"餐"、"冠"、"郸"、"寒"、"坛"、"盘"。

　　单字、二字的对仗较为简单，三字以上的对仗就稍微复杂些，因为不仅仅要做到文字和声调上的对应，还要构成完整的句子，同时也就需要表达出某种完整的语义，而不是简单的文字游戏了。如上面一组中的"鱼游荷叶沼，鹭立蓼花滩"意思虽然不复杂，但也是独立、完整的两句话，像一幅生动的画面。再如这一组中的"嘉禾忧夏旱，衰柳耐秋寒"意思就更加丰富些。因为庄稼生长需要水的浇灌，而夏天一般又是比较容易出现干旱的季节，故有"忧夏旱"之言，实际上表达的也是农民的心情；柳树是落叶比较迟的树种，往往秋深甚至初冬时节犹自遍身金黄，不见落魄之姿，所以说"耐秋寒"，这些地方，都可以见出作者对生活现象观察的细致。

3

【原文】

横对竖，窄对宽，黑志对弹丸¹。

朱帘对画栋，彩槛对雕栏。

春既老，夜将阑²，百辟对千官³。

怀仁称足足，抱义美般般⁴。

好马君王曾市骨，食猪处士仅思肝⁵。

世仰双仙，元礼舟中携郭泰，

人称连璧，夏侯车上并潘安⁶。

【字词解释】

1. 黑志弹丸：成语，比喻极小，同"弹丸黑志"、"弹丸黑子"。北周庾信《哀江南赋》："地惟黑子，城犹弹丸。"

2. 阑：残，尽，晚，如夜阑人静。

3. 百辟：古代兵器，魏武帝曹操令制，以辟不祥，慑奸宄，亦有诸侯、百官之意。千官：指众多的官员。

4. 怀仁称足足，抱义美般般：足足为象声词，凤凰的鸣叫声，代指凤凰；般般为形容词，花纹的样子，代指麒麟。隋代许善心《神雀颂》序："足足怀仁，般般扰义，祥祐之来若此，升隆之化如彼。"意指天子能像凤凰一样心怀仁慈，像麒麟一样胸怀道义，则国家就会吉祥安顺，兴隆昌盛。

5. 这两句用典故。第一句是燕昭王千金市骨之事，见《战国策·燕策》："君遣之，三月得千里马。马已死，买其首五百金，反以报君。"第二句说的是东汉闵仲叔食猪肝的故事，见《高士传》："客居安邑，老病家贫，不能得肉，日买猪肝一片，屠者或不肯与。其令闻，敕吏常给焉。仲叔怪，问知之。乃叹曰：'闵仲叔岂以口腹累安邑邪？'遂去。"

6.双仙、连璧，均为古代佳话，"双仙"说的是成语李郭仙舟的故事，见《后汉书》卷六十八《郭太传》："郭太字林宗……林宗唯与李膺同舟而济，士宾望之，以为神仙焉。""连璧"说的是西晋夏侯湛和潘安的故事，潘安即潘岳，字安仁。《世说新语·容止》记载："潘安仁夏侯湛并有美容，喜同行，时人谓之连璧。"这就是成语连璧接茵的由来。

【点评】

这是上平声"十四寒"韵部最后一组韵对，韵字分别是"宽"、"丸"、"栏"、"阑"、"官"、"般"、"肝"、"安"。

横竖相对，宽窄相对，弹丸黑子（黑志）相对，表现出汉语词汇平仄对应的巧妙。文人骚客吟诗，也产生了若干比较稳定的对应词汇，《声律启蒙》的作者正是由于熟悉这些词语才能左右逢源地编成更多巧妙的对仗，朱帘—画栋、彩槛—雕栏，便都是如此。

李郭仙舟是比喻知己相处，不分贵贱，亲密无间，常用为友人相亲之典。连璧接茵则是比喻两个美貌男子双双出现的情景。作为传统文化中的士林佳话，也是十分有趣的。

删

第十五章

1

【原文】

兴对废，附对攀，露草对霜菅[1]。

歌廉对借寇[2]，习孔对希颜[3]。

山垒垒，水潺潺，奉璧对探镮[4]。

礼由公旦作，诗本仲尼删[5]。

驴困客方经灞水，鸡鸣人已出函关[6]。

几夜霜飞，已有苍鸿辞北塞；

数朝雾暗，岂无玄豹隐南山[7]。

【字词解释】

1. 菅：一种草本植物，有成语"草菅人命"，与草相对应。

2. 歌廉：廉指汉代廉颇的后人廉范，字叔度，歌指廉范得到百姓赞颂。《后汉书·廉范传》记载："廉范为蜀郡太守。旧制禁民夜作，以防火灾。范乃毁削先令，严使储水而已。民以为便，歌曰：廉叔度，来何暮？不禁火，民安作。昔无襦，今五绔。"借寇：寇指汉朝寇恂，借寇指百姓们挽留寇恂。《后汉书·邓寇列传》："即日车驾南征，恂从至颍川，盗贼悉降，而竟不拜郡。百姓遮道曰：'愿从陛下复借寇君一年。'乃留恂长社，镇抚吏人，受纳余降。"

3. 习孔：学习孔子；希颜：仰慕颜回。

4. 奉璧：指蔺相如完璧归赵之事。探镮：说的是晋代羊祜幼年的故事，晋代干宝《搜神记》卷十五："羊祜年五岁时，令乳母取所弄金镮。乳母曰：'汝先无此物。'祜即诣邻人李氏东垣桑树中探得之。主人惊曰：'此吾亡儿所失物也。云何持去！'乳母俱言之，李氏悲惋。时人异之。"

5. 这两句说的是周公旦参与制定周礼和孔子删定《诗经》的事。

6. "客"指唐代诗人孟浩然，这一句仍用孟浩然雪中寻梅之典，"六鱼"韵部有注。"人"指孟尝君等，用的是孟尝君出函谷关之典。《史记·孟尝君列传》记载孟尝君出函谷关时，有食客学鸡鸣，于是开关，得以逃脱。

7. 第二句用"豹隐南山"典故，出自《列女传·陶答子妻》所讲寓言，说玄豹隐于南山雨雾之中，七日不食，"欲以泽其毛而成文章也，故藏而远害"。比喻怀才畏忌而隐居的人。南朝齐谢朓《之宣城郡出新林浦向板桥》诗："虽无玄豹姿，终隐南山雾。"

【点评】

这是上平声"十五删"韵部第一组韵对，韵字分别是"攀"、"菅"、"颜"、"潺"、"镮"、"删"、"关"、"山"。

这一组韵对涉及典故的也不少，需要借助一些工具书或典籍才能理解，如"歌廉"、"借寇"、"奉璧"、"探镮"一类，每个典故背后都有一大堆有趣的故事，"豹隐南山"也是这样。另外一些典故至今人们还比较熟悉，比如周公制定周礼、孔子删定《诗经》，不过司马迁关于孔子删诗的记载则是一件存在争议的事，历代都有不同看法。"习孔"和"希颜"这样的表述今天可能会觉得有些陌生，但若了解了"孔"指的是孔子，"颜"指的是颜回，也就明白其含义了。

至于以"垒垒"形容山的重重叠叠，以"潺潺"形容水的流动，则直到今天还常常用到，可见自然名物较之文化的变动更加稳定一些。

2

【原文】

犹对尚，侈对悭¹，雾髻对烟鬟²。

莺啼对鹊噪，独鹤对双鹇³。

黄牛峡，金马山⁴，结草对衔环⁵。

昆山惟玉集，合浦有珠还⁶。

阮籍旧能为眼白，老莱新爱着衣斑⁷。

栖迟避世人，草衣木食；

窈窕倾城女，云鬓花颜⁸。

【字词解释】

1. 侈：浪费；悭：吝啬。

2. 髻鬟：都是古代汉族妇女发式。雾髻烟鬟是形容女性的鬟发美丽，也比喻云雾缭绕的峰峦。

3. 鹇：白鹇，一种观赏鸟。独鹤、双鹇皆为古诗词中常用语。

4. 黄牛峡、金马山皆为古地名，黄牛峡在今湖北宜昌东，或称黄牛滩。古歌谣："朝发黄牛，暮宿黄牛，三朝三暮行太迟。三朝又三暮，不觉鬓成丝。"

5. 结草衔环为成语，出自"结草"和"衔环"两则神话传说。"结草"见于《左传·宣公十五年》："魏武子有嬖妾，无子。武子疾，命颗曰：'必嫁是。'疾病，则曰：'必以为殉。'及卒，颗嫁之，曰：'疾病则乱，吾从其治也。'及辅氏之役，颗见老人结草以亢杜回，杜回踬而颠，故获之。夜梦之曰：'余，而所嫁妇人之父也。尔用先人之治命，余

是以报。'""衔环"见《后汉书·杨震列传》首段注，言杨宝救了一只
黄雀而得到报答："以白环四枚与宝：'令君子孙洁白，位登三事，当
如此环矣。'"

6. 昆山玉集：昆山指昆仑山，昆山玉即和田玉，在今新疆和田。合浦
珠还：成语，比喻物归原主或人去而复归。南朝宋范晔《后汉书·循吏
传·孟尝》："尝到官，革易前敝，求民病利。曾未逾岁，去珠复还。"

7. 阮籍能为青白眼，"四只"韵部第三组有注；老莱斑衣，即老莱子
娱亲的故事。《孝经》："周老莱子，至孝，奉二亲，极其甘脆，行年
七十，言不称老。常着五色斑斓之衣，为婴儿戏于亲侧。又尝取水上
堂，诈跌卧地，作婴儿啼，以娱亲意。"

8. 草衣木食：成语，指编草为衣，以树木果实为食。云鬟花颜：形容
女性的姿容之美。唐代白居易《长恨歌》："云鬟花颜金步摇；芙蓉帐暖
度春宵。"

【点评】

这是上平声"十五删"韵部第二组韵对，韵字为"悭"、"鬟"、
"鹇"、"山"、"环"、"还"、"斑"、"颜"。

对仗所用词汇，最多的是名词，动词形容词当然也都有，这一组
中还出现了副词如"犹"和"尚"，而"侈"和"悭"、"独"和"双"就是
形容词，"啼"和"噪"、"结"和"衔"便都是动词。

仍然是名词最多，髻—鬟、莺—鹊、鹤—鹇、峡—山、草—环、
昆山—合浦、玉—珠、阮籍—老莱、眼—衣、避世人—倾城女，以及
草衣木食和云鬟花颜，比例上明显多于其他类的词语。

最后的十字对所说"避世人"、"倾城女"未必有具体指代，但这
类词及其含义在古诗文中比比皆是，为人们所熟知，表现了传统文化
的某些侧面。

3

【原文】

姚对宋¹，柳对颜²，赏善对惩奸。

愁中对梦里，巧慧对痴顽。

孔北海，谢东山³，使越对征蛮⁴，

淫声闻濮上，离曲听阳关⁵。

骁将袍披仁贵白，小儿衣着老莱斑⁶。

茅舍无人，难却尘埃生榻上；

竹亭有客，尚留风月在窗间。

【字词解释】

1. 姚崇和宋璟的合称。唐玄宗开元时相继为相，世称姚宋。

2. 柳颜：唐代书法家颜真卿和柳公权的并称。颜柳欧赵被称为楷书四大家。

3. 孔北海、谢东山：孔融和谢安，孔融曾为北海相，谢安字东山。

4. 使越：出使越国，杭州涌金门外有子贡使越祠。征蛮：征讨蛮。蛮：先秦非华夏民族的泛称之一，秦汉至魏晋南北朝为南方少数民族的泛称。

5. 濮：古水名。淫声闻濮上：《礼记·乐记》："桑间濮上之音，亡国之音也。其政散，其民流，诬上行私而不可止也。"郑玄注："濮水之上，地有桑间者，亡国之音于此之水出也。昔殷纣使师延作靡靡之乐，已而自沉于濮水，后师涓过焉，夜闻而写之，为晋平公鼓之。"后因以"桑间濮上"指淫靡之音。离曲听阳关：指中国古曲《阳关三叠》。

6. 第一句说的是唐代名将薛仁贵出征喜穿白袍而有"白袍将军"的雅称。第二句说的是老莱子娱亲之事，"十五删"韵部第二组有注。

【点评】

这是上平声"十五删"韵部最后一组韵对，韵字为"颜"、"奸"、"顽"、"山"、"蛮"、"关"、"斑"、"间"。

最后的十字对工巧自然而意境悠然，令人神往。第一句设定在一个没有人的茅舍，无法阻止尘埃落满了竹榻（当然不必是竹榻），第二句又设定在一个有人的竹亭里，动人的风月摇曳于窗间。其实，有人无人，都是生活的常态，也自会产生不同的风景，无人略显落寞沉寂，有人则会充满生机。而换个角度，则又未必然，无人的地方也可以有另一番热闹，譬如"蝉噪林愈静，鸟鸣山更幽"，或者"明月松间照，清泉石上流"，因为大自然本身就是时时充满它自己的生机的。反之有人而不能与自然和谐相处，有时候倒又不见得美了，譬如人满为患的风景区。

卷下

第一章

先

1

【原文】

晴对雨，地对天，天地对山川。

山川对草木，赤壁对青田。

郏鄏鼎，武城弦¹，木笔对苔钱²。

金城三月柳，玉井九秋莲³。

何处春朝风景好？谁家秋夜月华圆？

珠缀花梢，千点蔷薇香露；

练横树杪，几丝杨柳残烟⁴。

【字词解释】

1. 郏鄏："十四寒"韵部第二组有注。鼎：《左传·宣公三年》："成王定鼎于郏鄏。"武城弦：《论语·阳货》："子之武城，闻弦歌之声。"朱熹集注："弦，琴瑟也。时子游为武城宰，以礼乐为教，故邑人皆弦歌也。"后借指礼乐教化。

2. 木笔：即辛夷，花未开时，苞有毛，尖长如笔，故有木笔花之称。唐代白居易《营闲事》："暖变墙衣色，晴催木笔花。"苔钱：苔藓形状如钱，故有苔钱之称，宋代司马光《和宋复古小园书事》："东家近亦富，满地布苔钱。"

3. 金城三月柳：典出东晋桓温。《晋书·桓温传》："温自江陵北伐，行经金城，见少为琅邪时所种柳皆已十围，慨然曰：'木犹如此，人何以堪！'攀枝执条，泫然流涕。"玉井九秋莲：古代传说中华山峰顶玉井所产之莲。元代史敬先《庄周梦》："豁开你心上蒙，飞身到太华峰，看白莲开玉井,看白莲开玉井。"

4.练:白绢。杪:树枝的细梢。

【点评】

此为下平声"一先"韵部第一组韵对,韵字为"天"、"川"、"田"、"弦"、"钱"、"莲"、"圆"、"烟"。

辛夷花其实也叫玉兰花、望春花、木兰花、紫玉兰、玉树、玉堂春,当然还叫木笔花,也就是这里与苔钱对应的木笔。为什么叫木笔?是因为其花未开时的花苞形状毛茸茸,犹如毛笔,如此漂亮的命名,不是因为古人特别聪明,乃是因为古时人人只知道毛笔,而不知道其它笔(比如西方的鹅毛笔)。今天的人们用毛笔少了,反而可能对木笔的称谓不那么敏感了,至少春天看到玉兰花苞首先想到的不一定是毛笔。同样,今天的钱也不同于古代的铜钱,所以今天的人看到石墙上的苔藓也不一定会想到铜钱的样子。这就是古今的差异啊。

七字对"何处春朝风景好?谁家秋夜月华圆?"写得别致!令人想起唐代诗人张若虚《春江花月夜》中的名句:"江畔何人初见月?江月何年初照人?"还有:"谁家今夜扁舟子?何处相思明月楼?"有时,轻轻地一问要比重重的告诫更动人心魄!

2

【原文】

前对后，后对先，众丑对孤妍。

莺簧对蝶板¹，虎穴对龙渊。

击石磬，观韦编²，鼠目对鸢肩³。

春园花柳地，秋沼芰荷天。

白羽频挥闲客坐，乌纱半坠醉翁眠⁴。

野店几家，羊角风摇沽酒旆；

长川一带，鸭头波泛卖鱼船⁵。

【字词解释】

1.莺簧蝶板：黄莺鸣叫婉转如笙簧，蝴蝶双翅拍击如拍板。清支机生《珠江名花小传·细妹》："莫惜年华频频换，趁今日三春将半，看蝶板莺簧，一般陪衬笙歌院。"

2.石磬、韦编：均典出孔子。《论语·宪问》记载："子击磬于卫。"《史记·孔子世家》："孔子晚而喜《易》……读《易》，韦编三绝。"磬：古代打击乐器。

3.鼠目：形容人的寒贱相。金代元好问《送奉先从军》诗："潦倒书生百战场，功名都属绣衣郎，虎头食肉无不可，鼠目求官空自忙。"鸢肩：形容两肩上耸，像鸱鸟的样子。《国语·晋语八》："叔鱼生，其母视之，曰：'是虎目而豕喙，鸢肩而牛腹。'"韦昭注："鸢肩，肩井斗出。'"宋代苏轼《次天字韵答岑岩起》："莫叹郎潜生白发，圣朝求旧鄙鸢肩。"

4.这两句分别用诸葛亮和阮籍的典故。因诸葛亮常挥白羽之扇，阮籍曾头戴乌纱帽醉眠在邻妇之侧。《晋书·阮籍传》："邻家少妇有美色，当垆沽酒。籍常诣饮，醉，便卧其侧。籍既不自嫌，其夫察之，亦不疑也。"

5.羊角风：旋风。《庄子·逍遥游》："扶摇羊角而上者九万里。"旆：旌旗。鸭头波：绿色水波。清代袁枚《随园诗话》卷十二："余之扫墓杭州也，苏州陆生鼎画扇赠云：'一支兰桨鸭头波，两个渔翁载酒过。'"

【点评】

这是下平声"一先"第二组韵对，韵字为"先"、"妍"、"渊"、"编"、"肩"、"天"、"眠"、"船"。

古汉语的文言文词汇，是在长期的文学写作和历史写作中积累起来的，《声律启蒙》是出于一种写作训练而编制，其所采用的词语也就多从历代文学家、诗人的作品中取来，其文学性的突出是很自然的。

上面注释中没有提及的五字对"春园花柳地，秋沼芰荷天"，"花柳"二字，李白的诗里即有："昔在长安醉花柳，五侯七贵同杯酒。"又如杜甫的《后游》："寺忆曾游处，桥怜再渡时。江山如有待，花柳自无私。""芰荷"二字，则可以在屈原的作品中看到："制芰荷以为衣兮，集芙蓉以为裳。"再如唐代罗隐《宿荆州江陵驿》诗句："风动芰荷香四散，月明楼阁影相侵。"中国古典诗词的传统，其中包括词汇、用语的传统，就是这样慢慢积累起来的。

不过，有的词语后来因为种种原因，词义发生了变化。比如"花柳"一词，本来指的是供人游览观赏的风景或场地，却又因为这些场地同时聚集的另一些人物而衍生出"花街柳巷"、"寻花问柳"之意，那就是另一重意思了，所以今天使用这类词语应当慎重。

3

【原文】

离对坎，震对乾[1]，一日对千年。

尧天对舜日，蜀水对秦川。

苏武节，郑虔毡[2]，涧壑对林泉。

挥戈能退日，持管莫窥天[3]。

寒食芳辰花烂熳，中秋佳节月婵娟。

梦里荣华，飘忽枕中之客；

壶中日月，安闲市上之仙[4]。

【字词解释】

1.离、坎、震、乾，都是八卦中的概念或卦名。

2.苏武节：指苏武出使匈奴时所持的符节。参见上平声"三江"韵部第三组韵对注。郑虔毡：上平声"十四寒"第二组韵对有注。

3.挥戈退日：汉语成语。《淮南子》："鲁阳公与韩构难，战酣日暮，援戈而捴之，日为之反三舍。"持管窥天：汉语成语。《庄子·秋水》："子乃规规然而求之以察，索之以辩，是直用管窥天，用锥指地也，不亦小乎？"

4.这两句用典。第一句用唐代沈既济传奇小说《枕中记》中事，写卢生用道士吕翁给的枕头睡了一觉，梦见自己荣华富贵，及至醒来始知乃黄粱一梦。第二句用东汉术士费长房市上遇仙之典，《后汉书·卷八十二下·方术列传第七十二下》："长房旦日复诣翁，翁乃与俱入壶中。唯见玉堂严丽，旨酒甘肴，盈衍其中，共饮毕而出。"

【点评】

这是下平声"一先"韵部最后一组韵对，韵字分别是"乾"、"年"、"川"、"毡"、"泉"、"天"、"娟"、"仙"。

两个单字对作者用了属于"先"韵的卦名，这又是另一个文化范围中的词语了，作者也能信手拈来，也是因为熟悉的缘故。

还有关于两个传统节日的对仗："寒食芳辰花烂熳，中秋佳节月婵娟。"中秋节较为人们熟知，寒食节因为历史变迁，如今大多已与清明节一起过了。实则在旧时，寒食除了禁烟冷食、拜扫祭祖的内容之外，也还是古代人们外出踏青赏春、荡秋千、蹴球、吟诗的日子，所以这里以"芳辰花烂熳"形容，这可能和今天人们的想象不太一样。古代诗词中大量关于寒食节题材的诗作可以证明这种热闹、喜庆的良辰美景之气象，如大家熟悉的唐代韩翃《寒食》一首："春城无处不飞花，寒食东风御柳斜。日暮汉宫传蜡烛，轻烟散入五侯家。"虽说别有寄托，但文字描绘的画面还是温暖而又富有生气的。

萧 第二章

1

【原文】

恭对慢，吝对骄[1]，水远对山遥。

松轩对竹槛，雪赋对风谣[2]。

乘五马，贯双雕[3]，烛灭对香消[4]。

明蟾常彻夜，骤雨不终朝[5]。

楼阁天凉风飒飒，关河地隔雨潇潇。

几点鹭鸶，日暮常飞红蓼岸；

一双鸿鹨，春朝频泛绿杨桥[6]。

【字词解释】

1. "慢"在这里是傲慢、怠慢的意思，所以与"恭"对应；"吝"与"骄"皆为较为负面的品质，《论语·泰伯》有句"如有周公之才之美，使骄且吝，其余不足观也已。"故而也可以对应。

2. 雪赋：南北朝谢惠连有《雪赋》。风谣：或指《诗经》中国风，如《南齐书·皇后传论》："后妃之德，著自风谣，义起闺房，而道化天下。"或泛指反映风土民情的歌谣。如《后汉书·方术传上·李郃》："和帝即位，分遣使者，皆微服单行，各至州县，观采风谣。"

3. 乘五马：汉时太守乘坐的车用五匹马驾辕，因借指太守的车驾。《玉台新咏·日出东南隅行》："使君从南来，五马立踟蹰。"唐代白居易《西湖留别》诗："翠黛不须留五马，皇恩只许住三年。"贯双雕：指一箭可以同时射落两只雕，成语有一箭双雕。唐李延寿《北史·长孙晟传》："尝有二雕飞而争肉，因以箭两枝与晟，请射取之。晟驰往，遇雕相攫，遂一发双贯焉。"又《新唐书·高骈传》："事朱叔明为司马，有二雕并飞，骈曰：'我且贵，当中之。'一发贯二雕焉。"

4. 烛灭香消：古诗词中常用语。元代秦简夫《东堂老》第一折："想当日个按《六幺》，舞《霓裳》未了，猛回头烛灭香消。"元代王实甫《西厢记》："烛影风摇，香霭云飘；贪看莺莺，烛灭香消。"

5. 明蟾：指月亮。

6. 红蓼：一年生草本蓼科蓼属植物。鸿鹉：一种水鸟，形似鸳鸯而稍大，多紫色，雌雄偶游，亦称"紫鸳鸯"。

【点评】

这是下平声"二萧"韵部的第一组韵对，韵字有"骄"、"遥"、"谣"、"雕"、"消"、"朝"、"潇"、"桥"。

任何学习、训练，一般的路径往往是从模仿开始，由浅入深地进行，属对也是这样。拿这组韵对说，开始两个单字对，虽说与其他组的单字对不同，用的字较为抽象，可毕竟还是单字，找到符合平仄、韵律的对应字还是容易的，故而平声字"恭"对应仄声字"慢"，仄声字"吝"对应平声字"骄"，听觉上悦耳，词性、词义上也对应。接下来是二字对，仄声的"水远"与平声的"山遥、同样仄声的"竹槛"对平声的"松轩"，"雪赋"对"风谣"、"烛灭"对"香消"也是如此，每个对子用的词性也一样，如竹槛、松轩都属于宫室类，雪赋、风谣都属于文学类，水远、山遥是名词形容词组合，烛灭、香消是名词动词组合，也很工整。

继而三字对、五字对、七字对、十字对，难度逐步加深，而含义也越发丰富，如果说三字以下的属对主要还在于训练，那么五字以上的属对就可算是完整的成果了。像这一组最后的十字对，就其含义来说，确实已经创造了一个充满生机和诗意的境界了。

2

【原文】

开对落，暗对昭[1]，赵瑟对虞韶[2]。

轫车对驿骑[3]，锦绣对琼瑶。

羞攘臂，懒折腰[4]，范甑对颜瓢[5]。

寒天鸳帐酒，夜月凤台箫[6]。

舞女腰肢杨柳软，佳人颜貌海棠娇。

豪客寻春，南陌草青香阵阵；

闲人避暑，东堂蕉绿影摇摇。

【字词解释】

1. 昭：光明。

2. 这两句用典故。赵瑟指战国时秦王与赵王会于渑池，赵王鼓瑟、秦王击缶之事，见《史记·廉颇蔺相如列传》。虞韶指虞舜时的《韶》乐。汉代班固《幽通赋》："《虞韶》美而仪凤兮，孔忘味于千载。"

3. 轫车：古代用一匹马拉的轻便车子。《晋书·舆服志》："轫车，古时之军车也。一马曰轫车，二马曰轫传。"驿骑：古代的驿马或乘马送信、传递公文的人。

4. 攘臂：指捋起袖子，振奋激动之态。《老子》："上礼为之而莫之应，则攘臂而扔之。"折腰：本义为弯腰行礼，晋代陶渊明以之形容失去自尊。《晋书·陶潜传》："郡遣督邮至，县吏白应束带见之，潜叹曰：'吾不能为五斗米折腰，拳拳事乡里小人邪！'义熙二年，解印去县，乃赋《归去来》。"

5. 范甑：参见上平声"十三元"注。颜瓢：参见上平声"一东"第二组韵对注。

6. 鸳帐酒：《宋书》："（陶谷）得党太尉姬，取雪水烹茶与姬饮。问姬曰：'党家有此乐否？'姬曰：'彼粗人安有此乐，但能销金帐中饮羊羔酒耳。'"凤台箫：战国时萧史事，参见上平声"八齐"第三组注。

【点评】

这是下平声"二萧"韵部第二组韵对，共十个，韵字有"昭"、"韶"、"瑶"、"腰"、"瓢"、"箫"、"娇"、"摇"。

"驿骑"二字，现在的注音往往是 yìqí，但这样的话就和辂车在平仄上不合了，而骑的古音为 jì，所以可以知道，"驿骑"的读音应为 yìjì，如此一来，就与辂车平仄相对了。

舞女、佳人二句，是描写古代女子之美的，杨柳腰、海棠面，是古代诗文表现女性美貌常用词汇，或与今天的审美情趣有所差异，至少在今人看来有些柔弱之美，但也不好苛求古人，知道这一点也就是了。

最后的十字对所写"豪客"、"闲人"并非实有其人，只是泛泛而言，但是类似的意境和审美趣味，却也是古代文人墨客所欣赏的。踏雪寻梅、陌上踏青、曲水流觞、蕉林酌酒，在中国传统诗词中，实在是太寻常、太普遍的场景了，这是农业文明背景下自然而然会出现的文化风景，自然而近人情。

3

【原文】

班对马，董对晁 [1]，夏昼对春宵。

雷声对电影 [2]，麦穗对禾苗。

八千路，廿四桥 [3]，总角对垂髫 [4]。

露桃匀嫩脸，风柳舞纤腰。

贾谊赋成伤鵩鸟，周公诗就托鸱鸮 [5]。

幽寺寻僧，逸兴岂知俄尔尽；

长亭送客，离魂不觉黯然消。

【字词解释】

1. 班、马、董、晁：这些属于姓名对，用的是著名历史人物的姓氏，班、马指历史学家班固、司马迁，董、晁指东汉的思想家董仲舒和西汉的政论家晁错。

2. 电影：指的是雷电之光，不是今天的电影。唐代《宋之问集》下《内题赋得巫山雨》诗句："电影江前落，雷声峡外长。"

3. 八千路、廿四桥：古诗词中常用词语，如宋代岳飞《满江红》"八千里路云和月"，唐代杜牧《寄扬州韩绰判官》"二十四桥明月夜"。

4. 髫：古时幼儿下垂的头发；垂髫代指幼儿。角：儿童的发髻，总角代指儿童。

5. 这两句用典故。第一句说汉代文学家贾谊有赋《鵩鸟赋》，鵩（音 fú）鸟，其赋云："谊为长沙王傅三年，有鵩飞入谊舍。鵩似鸮，不祥鸟也。谊即以谪居长沙，长沙卑湿，谊自伤悼，以为寿不得长，乃为赋以自广也。"第二句用周公与《诗经·豳风·鸱鸮》诗之事。鸱鸮：猫头鹰。旧说此诗为周公之作。

【点评】

这是下平声"二萧"韵部最后一组韵对，韵字分别为"晁"、"宵"、"苗"、"桥"、"髫"、"腰"、"鸮"、"消"。

《声律启蒙》的作者熟谙于传统诗词，用以属对往往就信手拈来，毫不费力，这种引经据典属对的做法在古代十分普遍，形成了对联的一个种类。现代人不一定完全袭用这种做法，但也不必排斥，也可以借助这种语言方式温习古代诗文。

比如七字联"贾谊赋成伤鵩鸟，周公诗就托鸱鸮。"实际上就带出了两篇古代文学的经典作品，《诗经》中的一首诗《鸱鸮》和汉代贾谊的《鵩鸟赋》。"诗就托鸱鸮"是沿用旧说，指周公以诗"救乱"、"悔过"或"戒成王"等，其实都未必可信，就诗论诗读《鸱鸮》即可。"鸱鸮鸱鸮，既取我子，无毁我室。恩斯勤斯，鬻子之闵斯。迨天之未阴雨，彻彼桑土，绸缪牖户。"两千年前的汉语诗，至今读来还是那么朗朗上口，多么难得！

最后的十字对与第一组、第二组的结构相同，情境也很相似，所描绘的皆是古意盎然的闲适之境，所谓"寻春"、"避暑"，所谓"幽寺"、"长亭"，以及"逸兴"、"离魂"，更是一个典型的中国人再熟悉不过的字眼了。

第三章　肴

1

风对雅，象对爻[1]，巨蟒对长蛟。

天文对地理，蟋蟀对螵蛸[2]。

龙夭矫[3]，虎咆哮，北学对东胶[4]。

筑台须垒土，成屋必诛茅[5]。

潘岳不忘秋兴赋，边韶常被昼眠嘲[6]。

抚养群黎，已见国家隆治；

滋生万物，方知天地泰交[7]。

1. 风、雅相对，是《诗经》中的名词；象、爻相对，是《周易》中的概念。

2. 螵蛸：此处与蟋蟀相对，应指作为昆虫的螳螂的卵块。另有海螵蛸等。

3. 夭矫：屈伸自如的样子。

4. 北学：周代设于京城的最高学府之一。相传夏、商、周三代的最高学府内分东西南北四学和太学。东胶：与西序皆为夏、周时的小学和大学，后泛指兴教化、养耆老的场所。《礼记·王制》："夏后氏养国老于东序，养庶老于西序……"郑玄注："东序、东胶亦大学，在国中王宫之东……西序在西郊。"

5. "成屋必诛茅"意指盖房子必须准备好茅草，因旧时屋顶须以茅草覆盖。诛：本义为杀戮，此处指用刀割。

6. 《秋兴赋》：西晋文学家潘岳的作品。边韶：字孝先，东汉桓帝时文学家，常昼眠，遭弟子嘲笑："边孝先，腹便便；懒读书，但欲眠。"

7.群黎：指黎民百姓。隆治：大治，盛世。"天地泰交"即"天地交泰"，指天地之气融合贯通，生养万物，物得大通。

【点评】

这是下平声"三肴"韵部第一组韵对，韵字分别是"爻"、"蛟"、"蛸"、"矫"、"胶"、"茅"、"嘲"、"交"。

《声律启蒙》为文人编写，内容自然也多为表现读书人生活情趣，吟风弄月，思古幽情，不一而足。不过，有时也会看到几则有关普通百姓日常生活经验的对子，前面写气象的固然是，这一组中"筑台须垒土，成屋必诛茅"也属于这类。建筑高台需要土石方，盖房子需要割茅草做屋顶，都属于生活常识，对普通百姓而言毫不陌生，对于书斋里的读书人或许就有些隔膜了。由此判断，《声律启蒙》的作者应该不属于那种"四体不勤五谷不分"的腐儒，而应算是"风声雨声读书声声声入耳，国事家事天下事事事关心"那一类的人吧？

因为从最后的十字对"抚养群黎，已见国家隆治；滋生万物，方知天地泰交"便也可以看出些端倪，作者眼界并不狭窄，心肠并不生冷，他能从黎民百姓的生活想到国家的治理，能从万物的生育联系到人与自然的融汇，足见其胸襟。

2

【原文】

蛇对虺，蜃对蛟[1]，麟薮对鹊巢[2]。

风声对月色，麦穗对桑苞。

何妥难，子云嘲[3]，楚甸对商郊[4]。

五音惟耳听[5]，万虑在心包。

葛被汤征因仇饷，楚遭齐伐责包茅[6]。

高矣若天，洵是圣人大道；

淡而如水，实为君子神交[7]。

【字词解释】

1. 虺：一种毒蛇。蜃：传说中的一种海怪，形似大牡蛎。蛟：传说中一种龙。

2. 麟薮：神兽麒麟聚居的地方。鹊巢：喜鹊的巢。

3. 何妥难：何妥是隋代音乐家与哲学家，史书记载曾经向时任祭酒的元善发难。子云嘲：子云即西汉文学家扬雄，其字子文，《解嘲》是其作品。《汉书·扬雄传》记载："时雄方草创太玄，有以自守，泊如也。人有嘲雄以玄之尚白，雄解之，号曰《解嘲》。"

4. 甸：古代指郊外的地方，楚甸即楚地。唐代刘希夷《江南曲》："潮平见楚甸，天际望维扬。"商郊：商朝都城朝歌的远郊。《尚书·牧誓》：武王伐纣，"王朝至于商郊牧野。"

5. 五音：宫、商、角、徵、羽，起源于春秋时期，是中国古乐五个基本音阶，相当于西乐的 Do（宫）、Re（商）、Mi（角）、Sol（徵）、La（羽）

（没有 Fa 与 Xi），亦称为五音。

6. 葛被汤征因仇饷：葛，指春秋时葛国，汤是汤国，汤国征伐葛国，据说是因为"仇饷"，也就是葛国杀掉了（仇）汤国来送饭的人，夺走了饭食（饷）而遭到汤的征伐。这就是历史上著名的"葛伯仇饷"的故事。楚遭齐伐责包茅：苞茅是南方一种茅草，也是周天子让楚人上缴的贡品之一，楚国强大后多年不向周王进贡，且不断北侵中原各国，后齐桓公率领八国进攻楚国，并就包茅和周昭王南巡未归之事责问楚国。这在历史上被称作"包茅不贡"。

7. 这两句也用典故。第一句出自《孟子·尽心下》："公孙丑曰：'道则高矣，美矣，宜若登天然，似不可及也……'"意谓诚然、实在。第二句出自《庄子·山木》："且君子之交淡若水，小人之交甘若醴。"

【点评】

这是下平声"三肴"韵部第二组韵对，韵字分别是"蛟"、"巢"、"苞"、"嘲"、"郊"、"包"、"茅"、"交"。

《声律启蒙》所包含的知识是相当广泛、丰富的，以之作为蒙童了解天文地理、文学历史、文化风俗的读本也很合适，再加上工巧美妙的对仗形式，难怪一出现就受到广泛欢迎，而且从元代到清代再到民国时期经久不衰，算得上蒙学中的经典之一了。

不过，从另一方面看，有些文史知识也似乎与儿童少年读者的距离大了些，有时这类知识又过于密集了些，不做解释就根本不能知晓，而要解释就要颇费周折。

3

【原文】

牛对马，犬对猫，旨酒¹对嘉肴。

桃红对柳绿，竹叶对松梢，

藜杖叟²，布衣樵，北野对东郊。

白驹形皎皎，黄鸟语交交³。

花圃春残无客到，柴门夜永有僧敲。

墙畔佳人，飘扬竞把秋千舞；

楼前公子，笑语争将蹴踘抛⁴。

【字词解释】

1. 旨：美味，旨酒即美酒。《诗·小雅·鹿鸣》："我有旨酒，以燕乐嘉宾之心。"

2. 藜杖：用藜的老茎做的手杖。

3. 白驹、黄鸟皆为《诗经》中动物形象。"皎皎"：形容白驹之白，"交交"形容黄鸟的叫声。

4. 秋千、蹴鞠。皆为古代游戏用具。蹴踘：蹴指用脚踢，鞠是外包皮革、内装米糠的球。蹴鞠相当于今日踢足球的活动。

【点评】

这是下平声"三肴"韵部最后一组韵对，韵字是"猫"、"肴"、"梢"、"樵"、"郊"、"交"、"敲"、"抛"。

和前面一组韵对相比，这一组十个韵对所用的词汇就容易理解得多了，主要是用典故少，生字也少，即使不加注释也能读下来，内容也不难理解。

自然的、具体的名词较多，如牛、马、犬、猫都是与人类最相近的动物，桃红柳绿、竹叶松梢又是人们房前门后多见的植物，拄杖的老者、布衣的樵夫以及北野东郊也都是日常生活的图景，就算是因为春残而没有客人来的花圃和夜深人静时敲门的老僧，还有荡秋千的"佳人"与踢皮球的"公子"，虽说词语旧了些，可毕竟也是生动的日常生活景象啊！

第四章　豪

1

【原文】

琴对瑟，剑对刀，地迥对天高。

峨冠对博带[1]，紫绶对绯袍[2]。

煎异茗，酌香醪[3]，虎兕对猿猱[4]。

武夫攻骑射，野妇务蚕缫[5]。

秋雨一川淇澳竹，春风两岸武陵桃[6]。

螺髻青浓，楼外晚山千仞；

鸭头绿腻，溪中春水半篙[7]。

【字词解释】

1. 峨冠博带：高帽子和阔衣带，古代士大夫的装束。元代关汉卿《谢天香》第一折："必定是峨冠博带一个名士大夫。"

2. 绶：丝质带子，古代常以拴于印纽之上，如印绶。紫绶：紫色丝带。绯袍：红色官服。

3. 异茗香醪：稀见的茶，醇香的酒。

4. 虎兕：虎与犀牛。猿：猿猴，古书上记载的一种猴。

5. 骑射：骑马射箭，指古代胡人的马上武装生活。《战国策·赵策二》："今吾将胡服骑射，以教百姓，而世议寡人矣。"蚕缫：饲蚕缫丝。

6. 淇澳：淇水弯曲处。淇澳竹：《诗经·卫风·淇奥》："瞻彼淇奥，绿竹猗猗。"武陵桃：典出陶渊明《桃花源记》，参考上平声"八齐"韵部第三组注。

7. 螺髻：古代汉族妇女发式，形似螺壳的发髻。鸭头绿腻：指鸭脑袋油绿的毛色。

【点评】

这是下平声"四豪"韵部的第一组韵对，韵字有"刀"、"高"、"袍"、"醪"、"猱"、"缫"、"桃"、"篙"。

说说这一组中的三字对、五字对和十字对。

三字对"煎异茗，酌香醪"值得注意的是"煎茗"、"酌醪"两种生活内容，前者也可以写成"煎茶"，后者则可以写成"酌酒"，茶与酒是中国人最有代表性的饮料，如何饮茶饮酒则又形成了一种特殊的文化。譬如在这里，茶的饮用方式是"煎"，酒的饮用方式是"酌"，这就有了不同，即不能说成"煎酒"或"酌茶"。茶，还可以说烹茶、煮茶、沏茶、泡茶，酒也可以说成斟酒、泡酒、沽酒、醉酒甚至煮酒，有些方式如煮、泡有共同处，但不同的方式则不能混。比如"酌"，就是只跟酒有关系的字眼。

五字对"武夫攻骑射，野妇务蚕缫"所反映出的却是中国古代男女分工不同的情况。历来说"男耕女织"，就是农业社会性别差异导致的分工不同，而武夫骑射只不过是"男耕"的特殊形态，即战争背景下的情况。换句话说，不管骑射也好，耕种也好，都属于重体力的和相对更社会化的工作，或者也就像现在常说的男主外、女主内吧？

十字对所描绘的，则像一幅动人的风俗画：近景是楼内挽着青浓螺髻的女子，中景是半篙深的溪中春水和油绿的野鸭，远景是楼外向晚的千仞高山……

2

【原文】

刑对赏，贬对褒，破斧对征袍。

梧桐对橘柚，枳棘对蓬蒿[1]。

雷焕剑，吕虔刀[2]，橄榄对葡萄。

一椽书舍小[3]，百尺酒楼高。

李白能诗时秉笔，刘伶爱酒每铺糟[4]。

礼别尊卑，拱北众星常灿灿；

势分高下，朝东万水自滔滔。

【字词解释】

1. 枳棘：枳木与棘木，因多刺而称恶木。

2. 雷焕剑：雷焕为东晋时官员，《晋书·张华列传》记载雷焕任丰城县令时掘土得宝剑干将、莫邪。吕虔刀：吕虔为三国时期曹魏将领，其佩刀被工匠认为会使主人登三公之位，吕虔遂将此刀赠王祥，后王祥果然官至太保。

3. 椽：放在檩上架着屋顶的木条，也代指房间。"一椽"借指一间小屋。

4. 铺糟，与歠醨并置，指吃酒糟、饮薄酒。《楚辞·渔父》："众人皆醉，何不铺其糟而歠其醨？"

【点评】

这是下平声"四豪"韵部第二组韵对，韵字是"褒"、"袍"、"蒿"、"刀"、"萄"、"高"、"糟"、"滔"。

换个角度看对联，也常会引发一些不同的感悟或发现。"一椽书舍小，百尺酒楼高。"如果问一句，为什么是书舍与酒楼相对应？难道仅仅是出于平仄的考虑吗？又为什么书舍为"一椽"而酒楼便"百尺"？再比如"李白能诗时秉笔，刘伶爱酒每铺糟。"也可以问一句，为什么是诗与酒的对应呢？

自然，这里显然包含了不少文化信息，透露了中国文化人潜意识里的文化传统、文化趣味，实则书与酒、诗与酒构成的奇妙关联，正是中国传统文人早已习惯的生活方式的一个侧面，就如在另外一些语境中，诗（书）与药与酒与剑构成的奇妙关联一样。二战时，美国学者曾写过一本研究日本民族性的著作，题目叫作《菊与刀》，也同样包含着丰富的文化信息。

其实最后的十字对也同样，第一句所言无非就是传统儒家礼教文化推崇的尊卑有别、长幼有序等系列道德纲常，第二句所言则是华夏西高东低、江河东流的地理状况。

3

【原文】

瓜对果，李对桃，犬子¹对羊羔。

春分对夏至，谷水对山涛。

双凤翼，九牛毛²，主逸对臣劳。

水流无限阔，山耸有余高。

雨打村童新牧笠，尘生边将旧征袍。

俊士居官，荣引鹓鸿之序；

忠臣报国，誓殚犬马之劳³。

【字词解释】

1. 犬子一词，有多义，此处与"羊羔"对应，则应理解为幼犬。犬子也是汉代文学家司马相如的小名，后来也指对自己儿子的谦称。

2. 双凤翼：古诗文中常用词语。如唐代李商隐《无题》："身无彩凤双飞翼。"又如宋代晁补之《顺之将携室行而苦雨用前韵戏之》："莫污北飞双凤翼。"九牛毛：九牛和一毛，比喻差别极大。语出《晋书·华谭传》："或问谭曰：'谚言人之相去，如九牛毛，宁有此理乎？'谭对曰：'昔许由、巢父让天子之贵，市道小人争半钱之利，此之相去，何啻九牛毛也！'闻者称善。"

3. 鹓鸿：鹓雏、鸿雁飞行有序，比喻朝官班行。殚：竭尽。

【点评】

这是下平声"四豪"韵部最后一组韵对，韵字是"桃"、"羔"、"涛"、"毛"、"劳"、"高"、"袍"、"劳"，"四豪"韵部用的这些字在今韵中也都相同，这与某些韵部如上平声"十三元"有所不同。

从词类看，瓜—果、桃—李，都是花果门，犬子—羊羔是鸟兽虫鱼门，春分夏至是时令门中的节气类，谷水—山涛是地理门中的自然山水。三字以上的对就复杂一些，都是综合不同词类编制而成。较为自然易懂的是"水流无限阔，山耸有余高"一对，文化信息含量稍高的是十字对"俊士居官，荣引鹓鸿之序；忠臣报国，誓殚犬马之劳"。

所谓文化信息，是说对子中所包含的儒家礼教规范以及作者流露出的赞赏和认同。鹓雏与鸿雁飞行都是队列整齐有序的，而这种"序"便是人伦道德中讲究的秩序，故而作者以鹓鸿之序比喻朝官班行之序，且用了"俊士"、"荣引"之词表达对这种秩序感的正面肯定。第二句态度更是明朗，其对"忠臣报国"不惜竭尽犬马之劳的称颂溢于言表。忠诚、孝顺、秩序，的确是儒家礼教文化的核心概念。

歌 第五章

1

【原文】

山对水，海对河，雪竹对烟萝[1]。

新欢对旧恨，痛饮对高歌。

琴再抚，剑重磨，媚柳对枯荷。

荷盘从雨洗，柳线任风搓。

饮酒岂知欹醉帽，观棋不觉烂樵柯[2]。

山寺清幽，直踞[3]千寻云岭；

江楼宏敞，遥临万顷烟波。

【字词解释】

1.烟萝：草树茂密，烟聚萝缠之状。唐代李端《寄庐山真上人》诗：
"更说谢公南座好，烟萝到地几重阴。"

2.欹醉帽：醉帽指三国阮籍事，参见下平声"一先"第二组注。烂樵
柯：晋代王质的故事，南朝梁任昉《述异记》卷上："信安郡石室山，
晋时王质伐木至，见童子数人棋而歌，质因听之。童子以一物与质，
如枣核。质含之，不觉饥。顷饿，童子谓曰：'何不去？'质起视，斧
柯尽烂。既归，无复时人。"

3.踞：蹲、坐之意。

【点评】

　　这是下平声"五歌"韵部第一组韵对，韵字分别是"河"、"萝"、"歌"、"磨"、"荷"、"搓"、"柯"、"波"。

　　总体上说，这一组字词上、内容上也都比较容易理解，没有过多的典故，山水、海河、雪竹烟萝、新欢旧恨、痛饮高歌，甚至抚琴磨剑、媚柳枯荷，也都是至今还在使用的词汇。五字对"荷盘从雨洗，柳线任风搓"最为生动，特别是"雨洗"、"风搓"两词尤其形象，表现力很强。

　　最后的十字对照例是一幅参差对照的水墨山水图：一面是千寻云岭上的清幽山寺，一面则是万顷烟波边的宏敞江楼，远近高低，疏落有致，意境辽远。

2

【原文】

繁对简，少对多，里咏对途歌[1]。

宦情对旅况，银鹿对铜驼[2]。

刺史鸭，将军鹅[3]，玉律对金科[4]。

古堤垂𦙼[5]柳，曲沼长新荷。

命驾吕因思叔夜，引车蔺为避廉颇[6]。

千尺水帘，今古无人能手卷；

一轮月镜，乾坤何匠用功磨[7]。

【字词解释】

1. 里咏对途歌：途歌或写作涂歌，成语涂歌里咏常以形容国泰民安、百姓欢乐之景象。南朝梁沈约《齐故安陆昭王碑》："老安少怀，涂歌里咏。莫不欢若亲戚，芬若椒兰。"

2. 银鹿：唐代颜真卿家僮的名字。后用以代称仆人。铜驼：《太平寰宇记》引陆机《洛阳记》："汉铸铜驼二枚，在宫之南四会道，夹路相对。俗语曰'金马门外聚群贤，铜驼陌上集少年'，言人物之盛也。"

3. 刺史鸭：史载唐代诗人韦应物做刺史时养了一些鸭，称其为"绿头公子"。将军鹅：东晋王羲之历任秘书郎、宁远将军、江州刺史，后为会稽内史，领右将军，又特别喜欢鹅，曾建鹅池。

4. 玉律金科：律即规章、法则；科旧指法律条文。作为成语，亦写作金科玉律。

5. 𦙼：下垂。

6.这两句用典故。第一句用魏晋名士嵇康与吕安相友善之事。《晋书·嵇康传》："东平吕安服康高致，每一相思，辄千里命驾，康友而善之。"吕即吕安。第二句用汉代廉颇蔺相如"负荆请罪"之事：《史记·廉颇蔺相如列传》："相如每朝时，常称病，不欲与廉颇争列。已而相如出，望见廉颇，相如引车避匿。"

7.第一句是说，水帘千尺没有人能用手卷起来，月镜一轮，也不是任何人可以磨得出的。古代的镜子为铜镜，须细心磨制。

【点评】

这是下平声"五歌"韵部第二组韵对，韵字为"多"、"歌"、"驼"、"鹅"、"科"、"荷"、"颇"、"磨"。

繁简相对，少多相对，涂歌里咏、宦情旅况、玉律金科相对，都是现成的词汇，其它几则生字、典故就多了，需要借助一些解释。这些含有典故的对仗，当然也可以顺藤摸瓜找到典籍中的相关记载，以扩大知识面，不过作为属对训练，可以首先从语言声律的角度分析分析。比如可以把七字对拆解为"命驾"—"引车"、"吕"—"蔺"、"因"—"为"、"思"—"避"、"叔夜"—"廉颇"，如果粗枝大叶看去，很可能忽略掉一些重要细节，比如会把"吕因"当作人名，其实"吕"指的是吕安，"蔺"指的是蔺相如，这里从属对方便考虑，以姓代人罢了。

3

【原文】

霜对露，浪对波，径菊对池荷。

酒阑¹对歌罢，日暖对风和。

梁父咏，楚狂歌²，放鹤对观鹅³。

史才推永叔，刀笔仰萧何⁴。

种橘犹嫌千树少，寄梅谁信一枝多⁵。

林下风生，黄发村童推牧笠；

江头日出，皓眉溪叟晒渔蓑。

【字词解释】

1.阑：残，尽。如夜阑人静。

2.梁父咏：或写作《梁父吟》、《梁甫吟》，三国时诸葛亮作，唐代李白也有《梁甫吟》。楚狂歌：楚狂为春秋时隐士，姓陆名通，字接舆。《论语·微子》记载："楚狂接舆歌而过孔子曰：'凤兮凤兮！何德之衰？往者不可谏，来者犹可追。已而，已而！今之从政者殆而！'"

3.宋代苏轼有《放鹤亭记》，元代画家钱选有国画《王羲之观鹅图》。

4.史才推永叔：欧阳永叔，即宋代欧阳修。刀笔仰萧何：古代把有关案牍的事叫做刀笔，也指法律案牍。东汉大臣萧何采撷秦六法，重新制定律令制度，作为《九章律》。

5.种橘：三国吴李衡之事，《三国志·吴志·孙休传》裴松之注引《襄阳记》："（李）衡每欲治家，妻辄不听，后密遣客十人于武陵龙阳汜洲

上作宅，种甘橘千株。"寄梅：三国时陆凯与范晔之事，参见上平声
"十三元"第二组注。

【点评】

此为下平声"五歌"韵部最后一组韵对，韵字包括"波"、"荷"、
"和"、"歌"、"鹅"、"何"、"多"、"蓑"。

本组韵对涉及典故的也不少，不过这些典故倒是比较有趣，也能
开阔视野。像楚狂人的"凤歌"、诸葛亮和李白《梁甫吟》、苏轼的《放
鹤亭记》与钱选的画《观鹅图》，都是文学史上的佳话，欧阳修、萧何
也是著名的历史人物，陆凯与范晔相友善而"聊寄一枝春"的故事前
面曾出现过，只有李衡种橘的故事还较为陌生。注释没有将这个故事
全部讲完，原故事是说李衡背着妻子种了一千棵橘树，本来是为了留
给子女养家的，可是他死了之后妻子的一番话却让他儿子受到一番关
于"精神高贵与物质贫穷"的教育。大概这个故事得以广泛传播，也
是因为这番道理，不过在今天看来，把精神高贵与物质富足完全对立
起来的思路未必可取，李衡种橘养家的想法也未必不可取。

顺便说一句，最后的十字对用文字描绘的风俗画也很美。

麻 第六章

1

松对柏，缕对麻¹，蚁阵对蜂衙²。

颣³鳞对白鹭，冻雀⁴对昏鸦，

白堕酒，碧沉茶⁵，品笛对吹笳。

秋凉梧堕叶，春暖杏开花。

雨长苔痕侵壁砌，月移梅影上窗纱。

飒飒秋风，度城头之觱篥⁶；

迟迟晚照，动江上之琵琶。

【字词解释】

1. 缕：指线或线状物，麻在这里与"缕"对应，指麻线。

2. 蜂衙：群蜂早晚聚集，簇拥蜂王，如旧时官吏到上司衙门排班参见。宋代陆游《青羊宫小饮赠道士》诗："微雨晴时看鹤舞，小窗幽处听蜂衙。"

3. 颣：赤色。颣鳞指红色的鱼。

4. 冻雀：寒天受冻的鸟雀。元代陈孚《居庸关》诗："欲叩往事云漠漠，平沙风起鸣冻雀。"

5. 白堕酒：白堕为人名，姓刘，以酿美酒著称，后因用作美酒别称。北魏杨衒之的《洛阳伽蓝记·法云寺》："河东人刘白堕，善能酿酒"。碧沉茶：一种绿茶。唐代曹邺《故人寄茶》："半夜招僧至，孤吟对月烹。碧沉霞脚碎，香泛乳花轻。六腑睡神去，数朝诗思清。"

6. 觱篥：即觱篥。也称管子，中国管乐器之一种，多用于军中和民间音乐。

【点评】

这是下平声"六麻"韵部第一组韵对，韵字包括"麻"、"衙"、"鸦"、"茶"、"筛"、"花"、"纱"、"琶"。

"雨长苔痕侵壁砌，月移梅影上窗纱"两句，构成了一幅参差对照的晴雨图，当然也是两句完整的诗。第一句中"长"应读作 zhǎng，整句话是描述雨季来临使建筑外墙和台阶都长出了苔藓，第二句与之对应，描述春日晚间月亮的移动使得梅树之影在窗纱上映现，将这两句放到一首咏春的七律诗中，应当是相当妥帖的。

十字对的字数增加了，其所描绘的也是自然风景，但却是秋景，且表现的是自然景物与音乐的关系，很微妙。上一句写秋风中的觱篥之声，用了一个"度"字，将秋风拟人化了；下一句结构相同，是落日晚照中另一种音乐：江上琵琶之声，也用了一个"动"字，似乎这琵琶之音是由夕阳晚照拨弄出来，如此就把自然之景和艺术之美十分巧妙地融为一体了。

2

【原文】

优对劣，凸对凹，翠竹对黄花。

松杉对杞梓[1]，菽麦对桑麻。

山不断，水无涯，煮酒对烹茶。

鱼游池面水，鹭立岸头沙。

百亩风翻陶令秫，一畦雨熟邵平瓜[2]。

闲捧竹根，饮李白一壶之酒[3]；

偶擎桐叶，啜卢仝七碗之茶[4]。

【字词解释】

1. 杞梓：杞梓原指两种木材名字，后比喻优秀人才。如《晋书·陆机陆云传》："观夫陆机、陆云，实荆衡之杞梓。"

2. 陶令秫：《晋书·陶潜传》记载，陶渊明为彭泽令时，"公田悉令吏种秫，曰：'吾常得醉于酒，足矣。'"后因以"陶令秫"指酿酒的高粱。邵平瓜：即东陵瓜。邵平，秦故东陵侯，秦亡后，为布衣，种瓜长安城东青门外，瓜味甜美，时人谓之"东陵瓜"。后世因以"邵平瓜"美称退官之人的瓜田。唐代杨炯《送李庶子致仕还洛》诗："亭逢李广骑，门接邵平瓜。"

3. 竹根：竹根制作的酒器。唐代李贺《始为奉礼忆昌谷山居》诗："土甑封茶叶，山杯镂竹根。"王琦汇解："《太平寰宇记》：'段氏《蜀记》云，巴州以竹根为酒注子，为时珍贵。'"

4. 桐叶为茶盏名。啜卢仝七碗之茶：唐代诗人卢仝有《七碗茶诗》云：

"一碗喉吻润，二碗破孤闷。三碗搜枯肠，惟有文字五千卷。四碗发轻汗，平生不平事，尽向毛孔散。五碗肌骨轻，六碗通仙灵。七碗吃不得也，惟觉两腋习习清风生。"

【点评】

这是下平声"六麻"韵部第二组韵对，韵字有"凹"、"花"、"麻"、"涯"、"茶"、"沙"、"瓜"、"茶"。

《声律启蒙》涉及的传统文化知识，着实是太丰富了，真令人有目不暇接之感。前面曾提到茶与酒饮用方式的不同，这里又出现了"煮酒烹茶"之说，实则在不同情境之下，此类表述真是千变万化，不一而足。比如酒，民间就还有温酒、烫酒、筛酒、掀酒等等说法。再如茶，也还有吃茶、奉茶、续茶、斗茶之不同茶礼茶俗。

最后的十字对第二句，说的也是茶，涉及一种特殊的茶杯——桐叶，以及唐代声名仅次于茶圣陆羽的另一位茶仙卢仝，他的《七碗茶诗》可是鼎鼎大名呐！据说传到日本，深受日人喜爱与敬重，以致演为茶道。至于第一句中"闲捧竹根"，那是一种酒器，"李白一壶之酒"就该是《月下独酌》中"花间一壶酒，独酌无相亲"之谓了。

3

【原文】

吴对楚，蜀对巴，落日对流霞。

酒钱对诗债¹，柏叶对松花。

驰驿骑，泛仙槎²，碧玉对丹砂³。

设桥偏送笋，开道竟还瓜⁴。

楚国大夫沉汨水，洛阳才子谪长沙⁵。

书筐琴囊，乃士流活计⁶；

药炉茶鼎，实闲客生涯。

【字词解释】

1. 酒钱：饮酒或买酒的钱。汉代贾谊《新书·匈奴》："上乃幸自御此薄，使付酒钱。""宋代苏轼《小儿》诗："大胜刘伶妇，区区为酒钱。"诗债：谓他人索诗或要求和作，未及酬答，如同负债。唐代白居易《晚春欲携酒寻沈四著作先以六韵寄之》："顾我酒狂久，负君诗债多。"

2. 仙槎：神话中能来往于海上和天河之间的竹木筏。唐代李适《侍宴安乐公主新宅应制》诗："若见君平须借问，仙槎一去几时来？"

3. 丹砂即朱砂：矿物名。又名"丹砂"、"朱砂"、"辰砂"。为古代方士炼丹的主要原料，也可制作颜料、药剂。

4. 设桥送笋：传明代有范元授（一说南朝郭平）为盗笋者伐木造桥之事。开道还瓜：晋人桑虞之事。《晋书·孝友传》："虞有园在宅北数里，瓜果初熟，有人逾垣盗之。虞以园援多棘刺，恐偷见人惊走而致伤损，乃使奴为之开道。"

5. 这两句分别用屈原投汨罗江和贾谊被汉文帝贬谪长沙之典故。

6. 书箧：即书箱。士流：这里泛指读书人、文人雅士。

【点评】

这是下平声"六麻"最后一组韵对，韵字分别是"巴"、"霞"、"花"、"槎"、"砂"、"瓜"、"沙"、"涯"。

有两个韵对或可一说。五字对"设桥偏送笋，开道竟还瓜"讲的是古代道德故事，一个是为了盗笋者方便，竹园的主人竟特意伐木设桥；另一个是为了园篱棘刺伤及偷瓜者而特意让雇佣者开出一条道路。而结果是，盗笋、偷瓜的人都因此受到了良知的责备而感到羞惭，反而把偷到的东西又还给园主人了。显然，这两个故事都似乎有着以善得善的寓意，其动机无非是以此唤起人们的道德感，一方面是仁者爱人，一方面则是重新找回自己的羞耻心。单纯就道德而言，这两个故事都具有正面意义，不过，故事本身其实也包蕴着另外一些因素，不是仅仅靠道德就可以解决的。

十字对"书箧琴囊，乃士流活计；药炉茶鼎，实闲客生涯"所写，仍然是中国传统的风雅生活内容，今日人们感觉有点陌生了。第一句是表现旧时读书人的生活，用了两个标志其日常生活装备的词"书箧"、"琴囊"，第二句也同样，但所写则不尽是文士，更包括那些求仙寻道者，用的也是标志其装备的词"药炉"、"茶鼎"。因为采药炼丹、饮酒品茗往往是这类"闲客"所热衷的。

阳 第七章

1

【原文】

高对下，短对长，柳影对花香。

词人对赋客，五帝对三王[1]。

深院落，小池塘，晚眺对晨妆。

绛霄唐帝殿，绿野晋公堂[2]。

寒集谢庄衣上雪[3]，秋添潘岳鬓边霜[4]。

人浴兰汤，事不忘于端午[5]；

客斟菊酒，兴常记于重阳[6]。

【字词解释】

1. 五帝三王：犹言三皇五帝。

2. 绛霄唐帝殿：《新五代史》记载，后唐庄宗李存勖为流矢所伤，崩于绛霄殿之庑下。绿野晋公堂：裴度为唐宪宗时宰相，封晋公，曾于午桥建别墅，种花木万株，筑燠馆凉台，名曰绿野堂。

3. 谢庄衣上雪：谢庄为南朝宋大臣，文学家，其事见《宋书·符瑞志》："大明五年正月戊午元日，花雪降殿庭。时右卫将军谢庄下殿，雪集衣。还白，上以为瑞，于是公卿并作花雪诗。"后以"谢庄衣"为咏雪之典。李商隐《对雪二首》之一："欲舞定随曹植马，有情应湿谢庄衣。"

4. 潘岳鬓：西晋文学家潘岳（即潘安）三十二岁生白发，后用"潘岳鬓"或"潘鬓"谓中年鬓发初白。《昭明文选》卷十三《秋兴赋》："晋十有四年，余春秋三十有二，始见二毛。"

5. 人浴兰汤：古时端午以香草水洗澡辟邪。《大戴礼记·夏小正》记载："五月……蓄兰，为集浴也。"屈原《楚辞·九歌·云中君》："浴兰汤兮沐芳，华采衣兮若英。"王逸注："兰，香草也。"唐代元稹《表夏》诗之十："灵均死波后，是节常浴兰。"

6. 菊酒：古代，菊花酒被看作是祛灾祈福的吉祥酒，故重阳必饮。唐代权德舆《过张监阁老宅对酒奉酬见赠》诗："秋风倾菊酒，霁景下蓬山。"又有《嘉兴九日寄丹阳亲故》诗："草露荷衣冷，山风菊酒香。"

【点评】

这是下平声"七阳"韵部第一组韵对，韵字包括"长"、"香"、"王"、"塘"、"妆"、"堂"、"霜"、"阳"。

高与下、短与长，柳影与花香、词人与赋客，含义都比较确定，只有"五帝与三王"具体所指说法不一，究竟是哪五帝？哪三王（或三皇）？感兴趣的读者可以找相关工具书查阅，此处毕竟只是着眼于声律，就不浪费篇幅细究了。

"深院落，小池塘"的三字对甚为自然美妙，是该韵部三个三字对里最漂亮的，好是好在具体、生动、诗意，读者从身边的日常生活入手，自己也可以编制一个。

关于端午节"浴兰汤"的风俗，今人可能不太熟悉了。其实古籍记载，从先秦时代以后，一直有以兰汤沐浴的习惯。南宋吴自牧《梦梁录》云："仲夏五日重午节，又曰浴兰令节。"近人郭沫若也说："端午节的风俗在日本也是传播了去的，蒲剑兰汤，形式上差不多没有两样。"所谓兰，不是通常意义的兰花、兰草，而是作为药草的佩兰。五月端午本有驱瘟防疫的意义，悬蒲剑、插香艾、佩香囊、饮雄黄酒都是此意，兰汤沐浴也是其中的一项内容。

2

【原文】

尧对舜，禹对汤，晋宋对隋唐。

奇花对异卉，夏日对秋霜。

八叉手，九回肠[1]，地久对天长。

一堤杨柳绿，三径菊花黄[2]。

闻鼓塞兵方战斗，听钟宫女正梳妆[3]。

春饮方归，纱帽半淹邻舍酒；

早朝初退，衮衣微惹御炉香[4]。

【字词解释】

1.八叉手：据说唐代温庭筠才思敏捷，考试作赋从不起草，叉手构思，叉八次手就可赋成八韵，因称"温八叉"（见宋代孙光宪《北梦锁言·温李齐名》）。后以"八叉手"形容才思敏捷。九回肠：形容回环往复的忧思。汉代司马迁《报任安书》："是以肠一日而九回，居则忽忽若有所亡，出则不知所如往。每念斯耻，汗未尝不发背沾衣也。"

2.三径：晋代赵岐《三辅决录·逃名》："蒋诩归乡里，荆棘塞门，舍中有三径，不出，唯求仲、羊仲从之游。"后因以"三径"指归隐者的家园。晋代陶潜《归去来兮辞》："三径就荒，松竹犹存。"

3.古代边塞作战的士兵以鼓声为号令，所以说"闻鼓"，宫女则以钟声为起身梳妆之令，所以说"听钟"。

4.第一句"纱帽半淹邻舍酒"当指阮籍事。第二句中衮衣：古代帝王及上公穿的绘有卷龙的礼服。《逸周书·世俘》："壬子，王服衮衣，矢琰格庙。"唐代贾至《早朝大明宫》诗句："剑佩身随玉墀步，衣冠犹惹御炉香"。

【点评】

这是下平声"七阳"韵部第二组韵对，韵字包含"汤"、"唐"、"霜"、"肠"、"长"、"黄"、"妆"、"香"。

尧舜禹汤、晋宋隋唐，都是历史概念，前面出现过不少次了，这里因为韵部变了，所以把"汤"、"唐"置于末尾押韵。后面的也是这样组织词语，都是为了押"阳"韵，如五字对"一堤杨柳绿，三径菊花黄"，如果改为"一堤绿杨柳，三径黄菊花"就不妥了。

好在汉语词汇丰富，且用法灵活多变，几乎永远不愁找不到合适的字来属对，这可真给历代文人骚客提供了展示才华的机会。同样一个典故，竟然可以在不同背景下反复使用而不重样，比如晋代阮籍醉眠于邻舍女之侧的佳话似乎就出现过多次了。

当然从另一方面看，《声律启蒙》作为文人编写的声律训练读物，取材无非是他们所熟悉的一般文史典籍，其知识的有限、眼界的狭窄也是明显的。

3

【原文】

荀对孟，老对庄，嫋[1]柳对垂杨。

仙宫对梵宇，小阁对长廊。

风月窟，水云乡[2]，蟋蟀对螳螂。

暖烟香霭霭，寒烛影煌煌[3]。

伍子欲酬渔父剑，韩生尝窃贾公香[4]。

三月韶光，常忆花明柳媚；

一年好景，难忘橘绿橙黄。

【字词解释】

1. 嫋：下垂貌。

2. 风月窟：同"风月场"，多指情色场所。元代关汉卿《谢天香》楔子："老天生我多才思，风月场中肯让人？"水云乡：水云弥漫，风景清幽的地方。多指隐者游居之地。宋代苏轼《南歌子·别润守许仲途》词："一时分散水云乡，惟有落花芳草断人肠。"傅干注："江南地卑湿而多沮泽，故谓之水云乡。"

3. 煌煌：明亮辉耀貌。

4. 伍子欲酬渔父剑：伍子即春秋时伍子胥，伍子赠剑或渔父辞剑都是成语，说的是当初伍子胥逃难得渔父相救之事。事见司马迁《史记》："二人饮食毕，欲去，胥乃解百金之剑以与渔者：'此吾前君之剑，上有七星北斗，价直百金，以此相答。'渔父曰：'吾闻楚王之命：得伍胥者，赐粟五万石，爵执圭。岂图取百金之剑乎？'遂辞不受，"韩生尝窃贾公香：韩生指晋代韩寿，贾公指贾充，这里用的是韩寿窃香的典故。《晋书·贾谧传》记载：晋"韩寿美姿容，贾充辟为司空掾。充少女午见而悦之，使侍婢潜修音问，及期往宿，家中莫知，并盗西域异香赠寿。充僚属闻寿有奇香，告于充。充乃考问女之左右，具以状对。充秘其事，遂以女妻寿。"

【点评】

这是下平声"七阳"韵部最后一组韵对，韵字包括"庄"、"杨"、"廊"、"乡"、"螂"、"煌"、"香"、"黄"。

开始的"荀对孟，老对庄"涉及的古人分别是荀子、孟子、老子和庄子，因为"庄"字恰好在"阳"韵之中，所以以之押韵。仙宫与梵宇分别指道教的宫观与佛教的庙宇。除了伍子胥赠剑和韩寿偷香，这一组中别无典故，多数韵对较易理解。

最后的十字对写景生动，如入画中。上联是三月春景，突出的是花明柳媚，下联是秋景，突出的是橘绿橙黄。整体上看，应该都属于中国南方之景，这可能与作者车万育籍贯在湖南邵阳有关。

庚 第八章

1

【原文】

深对浅，重对轻，有影对无声。

蜂腰对蝶翅，宿醉对余酲[1]。

天北缺，日东生[2]，独卧对同行。

寒冰三尺厚，秋月十分明。

万卷书容闲客览，一樽酒待故人倾。

心侈唐玄，厌看霓裳之曲[3]；

意骄陈主，饱闻玉树之赓[4]。

【字词解释】

1. 宿醉：醉酒过夜仍未醒。酲（chéng）：酒醉神志不清状；余酲犹言宿醉。

2. 天北缺：旧注引《天经》语："天不满西北，故女娲氏炼石补之。"日东生：《三国志·蜀志》："温曰：'日生于东乎？'宓曰：'虽生于东而没于西。'答问如响，应声而出，于是温大敬服。"这就是历史上有名的秦宓妙答张温的故事。

3. 侈：奢侈，浪费，此处是指唐玄宗（明皇）游月宫而引霓裳羽衣曲教宫女演习、观赏之奢靡生活。

4. 赓：意为连续，继续。这一句说陈后主叔宝作《玉树后庭花》诗之事，"意骄"二字写出其穷奢极欲之态，《玉树后庭花》后被称为"亡国之音"。

【点评】

这是下平声"八庚"韵部第一组韵对，韵字为"轻"、"声"、"醒"、"生"、"行"、"明"、"倾"、"赓"。

单字对、两字对、三字对、五字对皆通俗易懂，无须细说。后面的七字对和十字对内容或闲雅、或沉痛，略说几句。

"万卷书容闲客览，一樽酒待故人倾。"历代文士生活，往往离不开松梅竹菊、书剑酒茶这些要素，所谓"门对千根竹，家藏万卷书"是也。这一对也大致如此，构成生活要素的一是"万卷书"，二是"一樽酒"，其他的如诗与剑与茶不是不需要，而是由人意会。生活于此种氛围中的人则是"闲客"、"故人"之属，以此推断，这当是比较典型的文人理想中隐居或半隐居的生活方式。

然而帝王的宫廷生活则全然不同，十字对所写陈后主、唐玄宗，都是因私生活之奢靡饱受诟病的，故而在这一对句中作者的态度也就十分明显，一个"侈"字和一个"骄"字，便将帝王的荒唐、历史的沉痛勾画出来了。显然，这种骄奢淫逸与文人喜欢的风流雅致形成了鲜明的对比。

2

【原文】

虚对实，送对迎，后甲对先庚¹
鼓琴对舍瑟²，搏虎对骑鲸³。
金辔匝，玉玎珰⁴，玉宇对金茎⁵。
花间双粉蝶，柳内几黄莺。
贫里每甘藜藿⁶味，醉中厌听管弦声。
肠断秋闺，凉吹已侵重被冷；
梦惊晓枕，残蟾犹照半窗明。

【字词解释】

1. 后甲、先庚：皆《易经》中语："传云：'利涉大川，往有事也。先甲三日，后甲三日，终则有始，天行也。'巽九五贞吉，悔亡，无不利。无初有终，先庚三日，后庚三日，吉。"

2. 舍瑟：把瑟放下。《论语·侍坐》："'点，尔何如？'鼓瑟希，铿尔，舍瑟而作，对曰：'异乎三子者之撰。'"

3. 搏虎：《孟子·尽心下》："晋人有冯妇者，善搏虎。"骑鲸：亦作"骑京鱼"。《文选·扬雄〈羽猎赋〉》："乘巨鳞，骑京鱼。"李善注："京鱼，大鱼也，字或为鲸。鲸亦大鱼也。"后因以比喻隐遁或游仙。

4. 匝：周匝环绕，金辔匝指金制的马络头。玎珰：金属撞击发出的声音。玉玎珰：旧注"玉响也"，当指玉器撞击之声。

5. 玉宇：神话中仙人居住的宫殿，成语"玉宇琼楼"。金茎：用以擎承露盘的铜柱。班固《西都赋》："抗仙掌以承露，擢双立之金茎。"

6.藜藿：藜与藿都是野菜名，藜藿指粗劣的饭菜。相关词语如藜藿之羹，菽水藜藿。

【点评】

这是下平声"八庚"韵部第二组韵对，韵字为"迎"、"庚"、"鲸"、"琤"、"茎"、"莺"、"声"、"明"。

虚实相对，送迎相对，这个较为普通。后甲、先庚，匜匦、琼琤，这些就比较复杂了，至于鼓琴、舍瑟，搏虎、骑鲸，就都有些背景故事，也就是典故。如伯牙善鼓琴，曾点舍瑟，冯妇搏虎之类。

简单而寓有哲理的，还是七字对"贫里每甘藜藿味，醉中厌听管弦声"两句。所谓哲理也很平常，无非就是饿了吃什么都香、累了听什么都烦的意思。当然，愿意往深里想想，作为自我教育的警句，也未尝不可。

十字对说的是情与境的相互作用。秋闺肠断，心情不佳，就会觉得盖两床被子也很冷；晓枕梦醒，还能看到窗外的半轮残月。这些，其实也都是古人诗词里常有的意境。

3

【原文】

渔对猎，钓对耕，玉振对金声¹。
雉城对雁塞²，柳袅对葵倾³。
吹玉笛，弄银笙，阮杖对桓筝⁴。
墨呼松处士，纸号楮先生⁵。
露浥好花潘岳县，风搓细柳亚夫营⁶。
抚动琴弦，遽觉座中风雨至；
哦成诗句，应知窗外鬼神惊⁷。

【字词解释】

1. 金声与玉振表示奏乐的全过程，以击钟（金声）开始，以击磬（玉振）告终。语出《孟子·万章下》："孔子之谓集大成。集大成者，金声而玉振之也。金声也者，始条理也；玉振之也者，终条理也。始条理者，智之事也；终条理者，圣之事也。"

2. 雉城：百雉之城。《礼记·坊记》："都城不过百雉。"郑玄注："雉，度名也，高一丈，长三丈。"《左传·隐公元年》："都城过百雉，国之害也。"杜预注："一雉之墙，长三丈，高一丈。"雁塞：旧注"雁塞即今雁山也。鸿雁多宿于其地，故名。"雁山即浙江雁荡山。

3. 柳袅葵倾：指柳枝袅娜、葵花向日之性状。

4. 阮杖：晋代名士阮修之事，或称"杖头钱"。《晋书》卷四十九《阮籍列传·（从子）阮修》："性简任，不修人事。绝不喜见俗人，遇便舍去。意有所思，率尔褰裳，不避晨夕，至或无言，但欣然相对。常步行，以百钱挂杖头，至酒店，便独酤畅。"桓筝：亦称桓伊筝，晋代桓伊之事。《晋书》卷八十一《桓宣列传·（族子）桓伊》记载："奴既吹笛，伊便抚筝而歌怨诗曰：'为君既不易，为臣良独难。忠信事不显，乃有见疑患。周旦佐文武，金縢功不刊。推心辅王政，二叔反流言。'声节慷慨，俯仰可观。"

5. 墨呼松处士：松处士指墨，因墨多为松烟制成。纸号楮先生：楮：落叶乔木，树皮是制造桑皮纸和宣纸的原料。楮也是纸的代称。唐代韩愈《毛颖传》："颖与绛人陈玄、弘农陶泓及会稽楮先生友善，相推致，其出处必偕。"其将笔、墨、砚、纸拟人化，称纸为楮先生。

6. 浥：湿润。第一句用晋代潘岳做河阳县令时命全县栽花的典故。亚夫营一句用的是西汉名将周亚夫在细柳营屯兵的典故。

7. 遽：急迫，匆促。第一句可参阅春秋时期乐人师旷事迹，史载他弹奏《清角》之音，竟致风雨大作："一奏之，有云从西北方起；再奏之，大风至，大雨随之。掣帷幕，破俎豆，堕廊瓦。"第二句可参阅李白相关事迹，传唐代贺知章见李白《乌栖曲》，惊叹"此诗可泣鬼神矣！"杜甫《寄李白十二诗》："笔落惊风雨，诗成泣鬼神。"

【点评】

这是下平声"八庚"韵部的最后一组韵对，韵字为："耕"、"声"、"倾"、"笙"、"筝"、"生"、"营"、"惊"。

在这组韵对中，典故相当密集，几乎句句有典。这大概是中国传统诗文的最显著特点之一，也是诗人们表达某种特定意蕴的一种有效手段。在相对封闭的文化圈子里，以至于大家文字交往，许多事和许多想法不必直接表达，套用大家常用的字眼就能意会。久而久之，这些字眼、典故也就成了某种隐语，为文人们借以相互表达思想感情，彼此唱和起来甚为方便。不过，这种方式对文人虽然不会造成困难，对普通民众却又是极大的障碍，造成了普通大众与文化的疏离与隔膜。

今日从了解传统文化内容和特点的角度，对这些含有若干典故的对句作些了解，倒也是别有趣味。比如为什么把墨称为"松处士"，为什么把纸称为"楮先生"，又比如师旷抚琴能致风雨大作，李白写诗可以惊风雨、泣鬼神，这又是中华文化的魅力所在了。

青 第九章

1

【原文】

红对紫，白对青，渔火对禅灯。

唐诗对汉史，释典对仙经[1]。

龟曳尾，鹤梳翎[2]，月榭对风亭。

一轮秋夜月，几点晓天星。

晋士只知山简醉，楚人谁识屈原醒[3]。

绣倦佳人，慵把鸳鸯文作枕[4]；

吮毫画者，思将孔雀写为屏[5]。

【字词解释】

1. 释典：即佛经。《晋书·何充传》："性好释典，崇修佛寺。仙经：指道教经典。

2. 龟曳尾：楚威王欲用庄子，庄子以龟为喻，表示"宁其生而曳尾於涂中"，不愿"其死为留骨而贵"，拒绝了威王。见《庄子·秋水》。后以"曳尾"咏雅逸生活。梳翎：鸟类梳理自己的羽毛。唐代郑颢《续梦中十韵》："日斜乌敛翼，风动鹤梳翎。"宋代苏轼《二月八日与黄耆僧县颖过逍遥堂何道士宗一问疾》诗："风松時落蕊，病鹤不梳翎。"

3. 山简醉：山简字季伦，西晋时人。南朝宋刘义庆《世说新语·任诞》："山季伦为荆州，时出酣畅，人为之歌曰：'山公时一醉，径造高阳池。'"后以"山简醉"为醉酒之典。屈原醒：《渔父》："举世皆浊我独清，众人皆醉我独醒，是以见放。"

4. 这一句是说女子绣鸳鸯枕。"文"即描绘。古人鸳鸯为匹鸟，总是形影不离，多用以形容夫妻。"鸳鸯枕"喻夫妻恩爱，永不分离。

5.吮：用嘴唇吸。毫：指毛笔。这一句用北周大将窦毅招婿终得唐高祖李渊的典故。《新唐书·后妃传上·昭成窦皇后》："（窦毅）常谓主曰：'此女有奇相，且识不凡，何可妄与人？'因画二孔雀屏间，请昏者使射二矢，阴约中目则许之。射者阅数十，皆不合。高祖最后射，中各一目，遂归。"

【点评】

这是下平声"九青"韵部第一组韵对，韵字包含"青"、"灯"、"经"、"翎"、"亭"、"星"、"醒"、"屏"。

既然以"青"为韵，就须围绕韵部中的字组织材料，押韵的字必须都在"青"部之中，上述韵字便是如此。这样一来，与白对应的就只能是"青"（而不能是灰、黑、朱、黄），与渔火对应的便是"禅灯"（也可以有另外的选项），与释典对应的便须是以"经"字煞尾的词（仙经最合适，因为佛道正可以对应），与秋夜月对应的也就自然非"晓天星"莫属了（当然，"几盏……灯"也未尝不可。）

曳尾涂中的成语，出自《庄子》，是个颇能表现庄子个性、也足以代表中国古代高士风流的故事。究竟是做死后被供于案头的神龟之骨，还是宁肯做一只在泥水中活着的无名之龟？对很多人来说，的确是个不容易面对的问题。庄子一句"往矣！吾将曳尾于涂中。"毫不含糊地表明了他的态度。当代学者来新夏讲到诗人穆旦一生遭遇时，也说过一句话："身后名不如生前一杯酒。"其意或与庄子之言相通耶？

2

【原文】

行对坐，醉对醒，佩紫对纡青[1]。

棋枰[2]对笔架，雨雪对雷霆。

狂蛱蝶[3]，小蜻蜓，水岸对沙汀[4]。

天台孙绰赋，剑阁孟阳铭[5]。

传信子卿千里雁，照书车胤一囊萤[6]。

冉冉白云，夜半高遮千里月；

澄澄碧水，宵中寒映一天星。

【字词解释】

1.佩紫纡青：纡：缠绕。纡青佩紫，或纡青拖紫，比喻显贵。《隋书·卢思道传》："外呈厚貌，内蕴百心，繇是则纡青佩紫，牧州典郡。"

2.棋枰：指棋盘、棋局。唐代司空图《丁巳元日》诗："移居荒药圃，耗志在棋枰。"

3.蛱蝶：蛱蝶科昆虫的总称，属于中大型的蝴蝶。

4.沙汀：水边或水中的平沙地。

5.孙绰赋：东晋名士孙绰著有《天台山赋》。剑阁孟阳铭：孟阳为西晋文学家张载的字，张载入蜀经剑阁，因作《剑阁铭》。

6.这两句用典，第一句用苏武牧羊之典，子卿是苏武的字。第二句用"囊映雪"之典，即东晋车胤以囊聚萤夜读的故事。事见《晋书·车胤传》：晋之车胤，家贫，不常得油。然日则耕作，无以夜读。遇夏月，乃以练为囊，盛数十萤火以照书，以夜继日，勤学不倦。年长，博学多通，时人誉之。

【点评】

这是下平声"九青"韵部第二组韵对，韵字有"醒"、"青"、"霆"、"蜓"、"汀"、"铭"、"萤"、"星"。

有不少字古今音不同，易致误会，需要注意。比如这一组的"醉对醒"，"醒"就属于这种情况。现在醒字的读音为 xǐng，是上声，而在古音中则读平声，表示酒醒了的意思。文中以"醉"与之对应，恰好标明"醒"乃酒醒之醒，所以也要读平声。

这一组韵对涉及的典故包括孙绰的《天台山赋》、张载的《剑阁铭》、苏武鸿雁传书、车胤囊萤映雪，不算多，其他的韵对都比较易懂。最后的十一字对仍是写景，上句写的是云遮月，下句写的是水映星，事本身很简单，但以对仗的形式写出，就要讲究词句的安排和修辞效果，这里就体现出作者的文字功底和艺术匠心了。

3

书对史，传对经，鹦鹉对鹡鸰¹。

黄茅对白荻，绿草对青萍。

风绕铎，雨淋铃²，水阁对山亭。

渚莲千朵白³，岸柳两行青。

汉代宫中生秀柞⁴，尧时阶畔长祥蓂⁵。

一枰决胜，棋子分黑白；

半幅通灵，画色间丹青。

【字词解释】

1. 鹡鸰：俗称张飞鸟，多数为鹡鸰属。

2. 风绕铎：铎即风铃，或称占风铎，是测风的器具。五代王仁裕《开元天宝遗事·占风铎》："岐王宫中於竹林内悬碎玉片子，每夜闻玉片子相触之声，即知有风，号为占风铎。"雨淋铃：传唐玄宗平叛后在雨中听到铃声因念贵妃，作《雨霖铃》曲。《碧鸡漫志》卷五引《明皇杂录》及《杨妃外传》云："明皇既幸蜀，西南行，初入斜谷，霖雨弥旬，于栈道雨中闻铃，音与山相应。上既悼念贵妃，采其声为《雨霖铃》曲，以寄恨焉。时梨园弟子惟张野狐一人，善筚篥，因吹之，遂传于世。"

3. 渚莲：水边的荷花。唐代赵嘏《长安晚秋》诗："紫艳半开篱菊净，红衣落尽渚莲愁。"

4. 宫中生秀柞：柞，一种乔木。汉武帝时有五柞宫，宫中生五柞树。

5. 祥蓂：即祥荚，传说唐尧时的瑞草名。相传每月朔日始一日生一荚，望日后一日落一荚，月晦而尽，故又名历荚。唐郑愔《中宗降诞日长宁公主满月侍宴应制》诗："月满增祥荚，天长发瑞灵。"

【点评】

这是下平声"九青"韵部最后一组韵对，韵字为"经"、"鸰"、"萍"、"铃"、"亭"、"青"、"冥"、"青"。

书—史，传—经，这仍然是文学类的对仗，鹦鹉—鹡鸰自然是鸟兽虫鱼类，黄茅—白荻、绿草—青萍皆属于草木花果类，水阁—山亭是宫室类，其他的就比较综合了。

这一组的最后一个韵对是九字对，是关于琴棋书画中之棋与画的，由"棋子分黑白"可知此棋乃围棋，而传统国画以丹青设色，故云"画色间丹青"，"间"是分开、区分的意思。

蒸　第十章

1

新对旧，降对升，白犬对苍鹰。

葛巾对藜杖。涧水对池冰。

张兔网，挂鱼罾 [1]，燕雀对鹏鹍 [2]。

炉中煎药火，窗下读书灯。

织锦逐梭成舞凤，画屏误笔作飞蝇 [3]。

宴客刘公，座上满斟三雅爵 [4]；

迎仙汉帝，宫中高插九光灯 [5]。

【字词解释】

1.鱼罾：鱼网。唐代杜甫《寄刘峡州伯华使君》诗："林居看蚁穴，野食待鱼罾。"

2.燕雀：麻雀，《史记·陈涉世家》："嗟乎，燕雀安知鸿鹄之志哉？"鹏鹍：鹏与鹍，两种动物。《庄子·逍遥游》："北冥有鱼，其名为鲲，鲲之大，不知其几千里也。化而为鸟，其名而鹏，鹏之背，不知其几千里也。"鲲，后讹为"鹍"。

3.舞凤：旧注引晋代陆翙《邺中记》："锦署有凤凰锦。"画屏误笔作飞蝇：相传三国时曹丕画屏风，不慎落了一墨点在上面，因而就这点墨画了一只小苍蝇。

4.三雅爵：爵，古代酒器。东汉末荆州刘表有三个酒杯，分别可装五升、六升、七升酒，取名为季雅、仲雅、伯雅，号三爵。

5.九光灯：汉武帝时一种灯盏。宋陈元靓《岁时广记·食仙桃》引《汉武帝内传》："至七月七日，洒扫宫掖，燔百和之香，然九光之灯，躬监香果，为天官之馔。"据说九光灯又名"九华灯"，唐代杜甫《寄刘峡州伯华使君》诗云："雕章五色笔，柴殿九华灯。"

【点评】

这是下平声"十蒸"韵部第一组韵对，韵字是"升"、"鹰"、"冰"、"鹏"、"灯"、"蝇"、"灯"。

除了开头的单字对、二字对，后面的对仗或涉及古代生活知识，或涉及历史典故、传说，读起来可能稍觉费神。比如"兔罝"、"鱼罾"这些用具，在今天都少用了，鱼罾或可偶尔会看到。再比如"炉中煎药火"涉及的煎药，在古代也是医家特别讲究的一件事，煎药用什么水固然讲得很，如何用火也有种种说法。举例而言，明代罗周彦《医宗粹言》说："凡煎汤药，初欲微火令小沸……然利汤欲生，少水而多取汁；补汤欲熟，多水而少取汁。"清代石寿棠阐发张仲景《伤寒论》用药法则，也谈到煎药的火候问题："至于煎法，亦当用意……欲其上升外达，用武火；欲其下降内行，用文火……种种治法，非参以意不可。"

其他如刘表的三雅爵、汉武帝的九光灯，也都是很令人感兴趣而可以考察一番的。

2

【原文】

儒对士，佛对僧，面友对心朋[1]。

春残对夏老，夜寝对晨兴。

千里马，九霄鹏[2]，霞蔚对云蒸[3]。

寒堆阴岭雪，春泮[4]水池冰。

亚父愤生撞玉斗，周公誓死作金滕[5]。

将军元晖，莫怪人讥为饿虎；

侍中卢昶，难逃世号作饥鹰[6]。

【字词解释】

1. 面友：犹面朋，非真诚相交的友朋。汉代扬雄《法言·学行》："朋而不心，面朋也；友而不心，面友也。"唐代许浑《姑孰官舍寄汝洛友人》诗："官静亦无能，平生少面朋。"

2. 九霄鹏：指大鹏鸟，《庄子·逍遥游》载："有鸟焉，其名为鹏，背若太山，翼若垂天之云，抟扶摇羊角而上者九万里……"

3. 云蒸霞蔚：蒸：上升；蔚：弥漫。像云霞升腾弥漫。南朝宋刘义庆《世说新语·言语》："千岩竞秀，万壑争流。草木蒙笼其上，若云兴霞蔚。"

4. 泮：消解。

5. 这两句用典。第一句用《鸿门宴》中亚父范增之事："亚父受玉斗，置之地，拔剑撞而破之……"第二句用周公代武王死以及金滕藏册之事。《尚书·金滕》："武王有疾，周公作《金滕》。"孔颖达疏："武王有疾，周公作策书告神，请代死。事毕，纳书于金縢之匮，遂作《金縢》。"

6.这两句用北魏大臣元晖与卢昶之典，此二人都得宠于北魏宣武帝，而又特别贪纵，当时人称他们两人分别是"饿虎将军"、"饥鹰侍中"。

【点评】

这是下平声"十蒸"韵部第二组韵对，韵字包括"僧"、"朋"、"兴"、"鹏"、"蒸"、"冰"、"縢"、"鹰"。

儒—士，佛—僧，面友—心朋，这些都是人伦类的对仗，其他二字以上的对仗用词都比较综合了，需要细细辨析。如"千里马，九霄鹏"，千、九相对，是数目对，里、霄相对，是量词相对，马、鹏相对，则是鸟兽虫鱼对。

最后一则对仗为十一字对，内容上较为特殊，因为用了历史上两个著名贪官的典故。据《北史》记载："凡在禁中要密之事，晖别奉旨，藏之于柜，唯晖入乃开，其余侍中、黄门莫有知者。侍中卢农亦蒙恩昵，故时人号曰'饿彪将军，饥鹰侍中'。迁吏部尚书。纳货用官，皆有定价，大郡二千匹，次郡一千匹，下郡五百匹，其余官职各有差，天下号曰市曹。出为冀州刺史。下州之日，连车载物，发信都至汤阴间，首尾相属，道路不断。其车少脂角，即于道上所迷之牛，生截取角，以充其用。晖捡括下户，听其归首，出调绢五万匹。然聚敛无极，百姓患之。"

3

【原文】

规对矩，墨对绳，独步对同登。

吟哦对讽咏，访友对寻僧。

风绕屋，水襄陵¹，紫鹄对苍鹰。

鸟寒惊夜月，鱼暖上春冰²。

扬子口中飞白凤，何郎鼻上集青蝇³。

巨鲤跃池，翻几重之密藻；

颠猿饮涧，挂百尺之垂藤。

【字词解释】

1. 水襄陵：《尚书·尧典》："荡荡怀山襄陵，浩浩滔天。"怀：包围；襄：上升；陵：大土山。怀山襄陵：大水包围山岳，漫过丘陵。形容水势很大或洪水泛滥。

2. 鱼暖上春冰：《礼记·月令》："东风解冻，蛰虫始振，鱼上冰，獭祭鱼，鸿雁来。"孔颖达疏："鱼当盛寒之时，伏于水下，逐其温暖，至正月阳气既上，鱼游于水上，近于冰，故云鱼上冰也。"后以"鱼上冰"代称正月早春时令。

3. 扬子：汉代扬雄著《太玄》经时，梦吐凤凰在《太玄》经上。后用"吐凤、吐白凤、吞凤、吞白凤"等称颂才华或文字之美。晋代葛洪《西京杂记》卷二："雄著《太玄经》，梦吐凤凰集《玄》之上，顷而灭。"何郎：指三国时何宴梦见鼻端有青蝇而请管辂卜卦之事。《全晋文》之《御览》四百："辂见何晏。何曰：'顷连梦青蝇数十，来在鼻上，驱之不肯去，何也？'辂曰：'夫鼻者，艮也，天中之山，而蝇集之，位骏者危，轻者亡。'后遂被诛。"

【点评】

这是下平声"十蒸"韵部最后一组韵对，韵字包括"绳"、"登"、"僧"、"陵"、"鹰"、"冰"、"蝇"、"藤"。

读这一组韵对，一股浓郁的古文化气息扑面而来。规矩二字拆开便成了两个意思：规是规，矩是矩。把绳墨两个字拆开也成了两个意思：绳是绳，墨是墨！

同样的，吟哦与讽咏怎么区分？访友与寻僧有何不同？风何以绕屋？水何以襄陵？"鸟寒惊夜月"是不是应该理解为夜寒鸟惊月？"鱼暖上春冰"是不是可以调整为春暖鱼上冰？为什么说口飞白凤可以指有文采？为什么说鼻集青蝇意味着要摔跤？如此优雅的语言，只有一个浸润着中国文化传统的文人才体会得出其中的美妙呀！

最后一个十字对分别写池鱼和涧猿的快乐：鱼是自由穿行于密藻之中，猿是自由飞跃于垂藤之上，真乃"万类霜天竞自由"！

第十一章

尤

1

【原文】

荣对辱，喜对忧，夜宴对春游。

燕关对楚水，蜀犬对吴牛¹。

茶敌²睡，酒消愁，青眼³对白头。

马迁修史记，孔子作春秋⁴。

适兴子猷常泛棹，思归王粲强登楼⁵。

窗下佳人，妆罢重将金插鬓；

筵前舞妓，曲终还要锦缠头⁶。

【字词解释】

1.蜀犬：古代蜀中有"蜀犬吠日"之说。唐代柳宗元《答韦中立论师道书》："屈子赋曰：'邑犬群吠，吠所怪也。'仆往闻庸、蜀之南，恒雨少日，日出则犬吠。"吴牛：即成语"吴牛喘月"的典故。江淮一带的牛因惧怕炎热，看到月亮便以为是太阳，卧地而喘。南朝刘义庆《世说新语·言语》："满奋畏风，在晋武帝坐；北窗作琉璃屏，实密似疏，奋有难色。帝笑之，奋答曰：'臣犹吴牛见月而喘。'"

2.敌：这里有抵挡、消除之意，是说饮茶可以消除睡意。

3.青眼：从正面以黑眼珠看人，参见上平声"四支"的最后一组组韵对注释。

4.马迁即司马迁，指司马迁著《史记》事。第二句指孔子根据鲁史删削修订《春秋》之事。《孟子·滕文公下》："世道衰微，邪说暴行有作，臣弑其君者有之，子弑其父者有之。孔子惧，作《春秋》。"

5. 这两句用典。棹：划船的工具。第一句是晋代王子猷雪夜访戴的故事。南朝刘义庆《世说新语·任诞》："王子猷居山阴，夜大雪，眠觉，开室命酌酒。四望皎然，因起彷徨，咏左思《招隐诗》。忽忆戴安道。时戴在剡，即便夜乘小船就之。经宿方至，造门不前而返。人问其故，王曰：'吾本乘兴而行，兴尽而返，何必见戴！'"。"思归王粲强登楼"指汉末"建安七子"之一王粲写《登楼赋》之事。

6. 锦缠头：古代歌舞艺人演毕，客以罗锦为赠，置之头上，称之为锦缠头。

【点评】

这是下平声"十一尤"韵部第一组韵对，韵字包含"忧"、"游"、"牛"、"愁"、"头"、"秋"、"楼"、"头"。

汉字的组合空间大，词语的组合空间也大，这就为叶韵提供了很大的方便。在别处可以写作白头对青眼、楚水对燕关，在这里即可以调整为燕关对楚水、青眼对白头。换了另一个场合，则又可以组合为眼青对头白。

从对仗的内容看，这一组韵对涉及的典故也不少，但有些在其他韵部中也曾以不同形式出现过，所以并不显得深奥难解。而孔子作《春秋》、司马迁写《史记》也都是历史常识，惟有《世说新语》中王子猷雪夜访戴和王粲写《登楼赋》的事是第一次出现，倒也值得了解。因为"雪夜访戴"的故事极其有名，充分表现了一种"乘兴而来、兴尽而返"的潇洒。汉末和三国时期的文学家王粲也是一个有故事的人，他创作的《登楼赋》更是一篇被视为"魏晋赋首"的佳作。

2

唇对齿，角对头，策马对骑牛。

毫尖对笔底[1]，绮阁对雕楼。

杨柳岸，荻芦洲，语燕对啼鸠。

客乘金络马，人泛木兰舟[2]。

绿野耕夫春举耜，碧池渔父晚垂钩。

波浪千层，喜见蛟龙得水；

云霄万里，惊看雕鹗横秋[3]。

【字词解释】

1. 毫尖笔底：犹言笔端笔下。笔指毛笔。

2. 金络马：以金络为配饰的马，南宋陆游《夏日杂题》："貂插朝冠金络马，多年不入梦魂中。"木兰舟：以木兰树造的船。南朝梁任昉《述异记》卷下："木兰洲在浔阳江中，多木兰树。昔吴王阖闾植木兰于此，用构宫殿也。七里洲中，有鲁般刻木兰为舟，舟至今在洲中。诗家云木兰舟，出于此。"

3. 蛟龙：蛟与龙；雕鹗：雕与鹗。唐代杜甫《奉赠严八阁老》诗："蛟龙得云雨，雕鹗在秋天。"

【点评】

这是下平声"十一尤"韵部第二组韵对，韵字包括"头"、"牛"、"楼"、"洲"、"鸠"、"舟"、"钩"、"秋"。

这组韵对几乎没有任何比较生僻的字眼或典故，因此读来就很是顺畅。当然，若是从用字用词的讲究来看，也还是能感受到汉语文化的独特魅力。比如唇和齿，固然刚好平仄对应，而在成语"唇齿相依"里面，就引申出另一番意义来了。再比如"策马"与"骑牛"，两个动词"策"和"骑"分别对应"马、牛"，却不能随意搭配，骑马可以，策牛就讲不通。同样的道理，"语燕"与"啼鸠"、"举耜"与"垂钩"中的动名词也不能任意搭配。这是很有趣的。

另外，最后十字对中的"蛟龙"、"雕鹗"都并非单指，而分别是蛟、龙、雕、鹗，只不过蛟与龙皆属于龙族，因此说"得水"，雕与鹗属于飞禽，所以说"横秋"，意思是飞行于秋空。还需注意"鹗"与"鳄"的区分。

3

【原文】

庵对寺，殿对楼，酒艇对渔舟。

金龙对彩凤，豮豕对童牛[1]。

王郎帽，苏子裘[2]，四季对三秋。

峰峦扶地秀，江汉接天流。

一湾绿水渔村小，万里青山佛寺幽。

龙马呈河，羲皇阐微而画卦[3]；

神龟出洛，禹王取法以陈畴[4]。

【字词解释】

1.豮豕：去势的猪。豮：阉割。《易·大畜》："六五，豮豕之牙，吉。"童牛：无角之牛；小牛。《易·大畜》："六四，童牛之牿，元吉。"陆德明释文："童牛，无角牛也。"

2.王郎：晋代王蒙。《晋书·外戚传·王蒙传》："美姿容，尝览镜自照，称其父字曰：'王文开生如此儿邪！'居贫，帽败，自入市买之，妪悦其貌，遗以新帽，时人以为达。"苏子：战国时苏秦。《史记·苏秦传》："苏秦说秦王书十上，而说不行。黑貂之裘弊，黄金百斤尽，资用乏绝，去秦而归，负书担橐，形容枯槁，面目犁黑，状有愧色。"

3.这一句用上古伏羲典故，相传龙马自河中负图而出，伏羲以之而画八卦；阐微：阐明精深微妙之理。

4.这一句用上古禹王典故，相传神龟自洛水负书而出，夏禹据洛书写《洪范》九畴。

【点评】

这是下平声"十一尤"韵部最后一组韵对，韵字是"楼"、"舟"、"牛"、"裘"、"秋"、"流"、"幽"、"畴"。

庵与寺对应，都是佛教建筑，殿与楼对应，都是俗家建筑，酒艇、渔舟则是古代诗文中充满诗意的词汇，舟、船、艇、舰，都是水上交通工具，大小、配饰、作用各不相同，人们便给出种种相应名目，类似花船龙舟、游艇战舰之属，这也是一种文化现象。

仔细品赏古人对于文字的敏感和创制，不得不喟然兴叹，虽说这些词汇随着时代的发展已渐行渐远，距离现实生活比较远了(比如"獉豸"、"童牛")，但想到当初创造这些词汇时的智慧，还是由衷感佩。

就自然清新而言，五字对"峰峦扶地秀，江汉接天流"，七字对"一湾绿水渔村小，万里青山佛寺幽"都令人喜爱，画面感很强，意境深远。

第十二章 侵

1

【原文】

眉对目，口对心，锦瑟对瑶琴[1]。

晓耕对寒钓，晚笛对秋砧[2]。

松郁郁，竹森森，闵损对曾参[3]。

秦王亲击缶，虞帝自挥琴[4]。

三献卞和尝泣玉，四知杨震固辞金[5]。

寂寂秋朝，庭叶因霜摧嫩色；

沉沉春夜，砌花随月转清阴。

【字词解释】

1. 锦瑟：装饰华美的瑟，瑟是一种弹拨乐器，通常二十五弦。瑶琴：用玉装饰的琴，南朝宋鲍照《拟古》诗之七："明镜尘匣中，瑶琴生网罗。"

2. 砧：捶、砸或切东西的时候，垫在下面的器具。秋砧：秋日捣衣的声音。唐代王维《送从弟蕃游淮南》诗："江城下枫叶，淮上闻秋砧。"

3. 闵损：春秋时期鲁国人。字子骞，也称闵子骞。曾参即曾子，字子舆，春秋时期鲁国人，孔子弟子。

4. 秦王击缶：参见下平声"二萧"韵部第二组韵对注释。虞帝自挥琴：传说虞舜曾挥五弦琴而歌，《古今乐录》记载："舜弹五弦之琴，歌《南风》之诗。"

5. 这两句也用典故。第一句用卞和献玉之典，事见《韩非子》和《史记》。第二句用东汉名将杨震却金之典，事见《后汉书》："（震）四迁荆州刺史、东莱太守。当之郡，道经昌邑，故所举荆州茂才王密为昌邑令，谒见，至夜怀金十斤以遗震。震曰："故人知君，君不知故人，何也？"密曰："暮夜无知者。"震曰："天知，神知，我知，子知。何谓无知者？"密愧而出。"

【点评】

这是下平声"十二侵"韵部第一组韵对，韵字包括"心"、"琴"、"砧"、"森"、"参"、"琴"、"金"、"阴"。

前面也曾说到，《声律启蒙》所取词语，大多为古代诗词中常用常见的，总体上相当书面化、文言化，而不是出自大众口语，这类语言或者也可以称之为雅语或文学语言。比如"晓耕"、"寒钓"、"晚笛"、"秋砧"，大都出自诗词名句，"夜半呼儿趁晓耕"，"独钓寒江雪"、"只欠耳边闻晚笛"、"秋砧巷陌昏昏月"，真是不胜枚举。

含有典故的对仗，看的次数多了，也就不会觉得陌生。这一组中的"秦王击缶"、"卞和献玉"均为历史上的著名故事，几乎尽人皆知，虞帝挥琴和杨震却金的故事倒是第一次出现，但也不算生僻。杨震不接受别人送的财物时的名言后来逐渐演变为"天知、地知、你知、我知"，成为熟语。

最后又变成了十一字对，写的是春秋不同景色的对照：春月下的花影，秋霜下的叶红，也是古诗人所乐于吟咏的。

2

【原文】

前对后，古对今，野兽对山禽。

犍牛对牝马[1]，水浅对山深。

曾点瑟，戴逵琴[2]，璞玉对浑金[3]。

艳红花弄色，浓绿柳敷阴。

不雨汤王方剪爪，有风楚子正披襟[4]。

书生惜壮岁韶华，寸阴尺璧[5]；

游子爱良宵光景，一刻千金[6]。

【字词解释】

1. 犍：公牛，特指阉过的公牛。牝：雌性的禽兽，牝马乃母马。

2. 曾点瑟：参见下平声"八庚"韵部第二组韵对"舍瑟"之注。戴逵琴：东晋美术家、音乐家戴逵，字安道，善鼓琴，但当官任太宰的武陵王司马晞派人请他去弹琴时，他却当着使者的面把琴摔碎了，表示"不为王门伶人"。

3. 璞玉：指包在石中而尚未雕琢之玉，浑金指没有冶炼过的金子，"璞玉浑金"多用来形容人的品质淳朴善良。南朝宋刘义庆《世说新语·赏誉》："王戎目山巨源如璞玉浑金，人皆钦其宝，莫知名其器。"

4. 这两句用典。第一句用汤王祈雨剪其发、断其爪之事，《吕氏春秋》："昔者，商汤克夏而正天下，天大旱，五年不收。汤乃以身祷于桑林曰：'余一人有罪无及万夫；万夫有罪在余一人。无以一人之不敏，使上帝鬼神伤民之命。'于是剪其发，断其爪，以身为牺牲，用祈福于上帝。民乃甚悦，雨乃大至。"第二句用楚襄王游兰台之宫之事，战国时宋玉《风赋》："楚襄王游于兰台之宫，宋玉景差侍。有风飒然而至，王乃披襟而当之，曰：'快哉此风！寡人所与庶人共者邪？'"

5. 寸阴尺璧：日影移动一寸的时间价值比径尺的璧玉还要珍贵，言时间可贵。西汉刘安《淮南子·原道训》："故圣人不贵尺之璧，而重寸之阴，时间得而易失也。"

6. 一刻千金：一刻时光，价值千金，形容时间之宝贵。宋代苏轼《春夜》诗："春宵一刻值千金，花有清香月有阴。"

【点评】

这是下平声"十二侵"韵部第二组韵对，韵字有"今"、"禽"、"深"、"琴"、"金"、"阴"、"襟"、"金"。

在这组韵对中，比较别致的是最后一个，与前面的十一字对结构不太一样，用了前七字后四字的结构。内容上是关于惜时的，第一句是书生的惜时，惜的是"壮岁韶华"；第二句是游子的惜时，惜的是"良宵光景"。同为惜时，实则用意有所不同。书生惜时，一寸光阴一寸金，自然是为了读书上进考取功名；游子惜时，良宵一刻值千金，那大约是与亲朋故旧久别重逢后的欢喜。盖良宵者，美好难忘之夜也。唐代皇甫冉诗云："世故多离别，良宵讵可逢。"金代段克己也有诗云："良宵方喜故人共，醉语那知邻舍惊。"那可都是说的别后重逢的良宵呵！

3

【原文】

丝对竹，剑对琴，素志对丹心。

千愁对一醉，虎啸对龙吟。

子罕玉，不疑金[1]，往古对来今。

天寒邹吹律，岁旱傅为霖[2]。

渠说子规为帝魄，侬知孔雀是家禽[3]。

屈子沉江，处处舟中争系粽[4]；

牛郎渡渚，家家台上竞穿针[5]。

【字词解释】

1. 子罕玉：春秋时期宋人子罕辞玉之事。《左传·宋人献子罕玉》："宋人或得玉，献诸子罕。子罕弗受。献玉者曰：'以示玉人，玉人以为宝也，故敢献之。'子罕曰：'我以不贪为宝，尔以玉为宝。若以与我，皆丧宝也，不若人有其宝。'"不疑金：汉代直不疑偿金之事。《汉书·直不疑传》："其同舍有告归，误持其同舍郎金去。已而同舍郎觉亡，意不疑，不疑谢有之，买金偿。后告归者至而归金，亡金郎大惭，以此称为长者。"

2. 天寒邹吹律：战国时期阴阳家邹衍之事。汉代刘向《别录》："邹衍在燕，燕有谷，地美而寒，不生五谷。邹衍居之，吹律而温气至，而黍生。今名黍谷。"律，音律，后以"邹衍吹律"表示带来温暖和生机。岁旱傅为霖：傅即傅说，《尚书》记载殷高宗武丁任傅说为相，希望他能如甘霖解旱那样辅佐朝政。唐代李白《赠从弟冽》诗："傅说降霖雨，公输造云梯。"参阅上平声"六鱼"韵部的第一组韵对注释。

3. 子规：蜀帝杜宇之事，参见上平声"八齐"韵部第一组韵对注释。
渠：方言指"他"；侬：旧诗文中指"我"，南方方言指"你"。

4. 这一句用楚地端午节往江中抛粽子的习俗为典。

5. 牛郎渡渚，家家台上竞穿针：这一句用民间七夕穿针风俗为典。"牛郎渡渚"与"屈子沉江"相对，言牛郎与织女鹊桥相会。

【点评】

这是下平声"十二侵"最后一组韵对，韵字包括"琴"、"心"、"吟"、"金"、"今"、"霖"、"禽"、"针"。

读者会注意到，在"十二侵"的三组韵对中，韵字相同的地方不少，"金"、"琴"各用了四次，"今"、"心"、"禽"、"吟"各用了两次。由此可知，一方面中古音的韵字有限，另一方面传统诗词里面的词汇面也比较狭窄，若想绝对不重复是很难的。

这组韵对中，与前面用过的典故重复的也有，比如傅说的故事，蜀帝杜宇化为子规（杜鹃）的故事，屈子沉江的故事，又表明传统诗词里面包含的历史文化知识一方面丰富多彩，另一方面也有其限度，只要对几部主要历史经典著作熟悉了，回头再看诗词，怕也就常有遇见故人之感了。

第十三章　覃

1

【原文】

千对百，两对三，地北对天南。

佛堂对仙洞，道院对禅庵。

山泼黛，水浮蓝，雪岭对云潭。

凤飞方翙翙，虎视已耽耽[1]。

窗下书生时讽咏，筵前酒客日耽酣[2]。

白草满郊，秋日牧征人之马；

绿桑盈亩，春时供农妇之蚕。

【字词解释】

1. 翙翙：翙：鸟飞的声音。《诗经·大雅·卷阿》："凤凰于飞，翙翙其羽。"《西厢记诸宫调》："有美人兮见之不忘，一日不见兮思之如狂。凤飞翙翙兮四海求凰，无奈佳人兮不在东墙。"虎视眈眈：眈眈：注视的样子。像老虎一样凶狠地注视着。

2. 耽酣：犹言沉溺。

【点评】

这是下平声"十三覃"韵部第一组韵对，韵字为"三"、"南"、"庵"、"蓝"、"潭"、"眈"、"酣"、"蚕"。

除了个别字，这一组韵对中没有过于生僻的文字和典故，容易阅读。开头两个数字对，接下来有方位对、宫室对。宫室，不是真正的皇宫密室，却是佛道文化建筑佛堂、仙洞和道院、禅庵。"山泼黛、水浮蓝"的三字对很生动，自然也是古诗词中惯用语，常说青山如黛、碧水如蓝，或者还可想起白居易的名句"春来江水碧如蓝"。

七字对写的是两种沉醉状态：一种是书生沉醉于吟诗作赋，一种是酒客沉酣于饮酒之乐，可令人联想到王羲之《兰亭集序》和欧阳修《醉翁亭记》中的抒发和描写。最后仍以十一字对结束，写的人还是春、秋两幅对照的图景：秋日原上牧马和春时桑园供蚕，农业文明时代的宁静与富足。

2

【原文】

将对欲，可对堪，德被对恩覃 [1]。

权衡对尺度 [2]，雪寺对云庵。

安邑枣，洞庭柑 [3]，不愧对无惭。

魏征能直谏，王衍善清谈 [4]。

紫梨摘去从山北，丹荔传来自海南 [5]。

攘鸡非君子所为，但当月一 [6]；

养狙是山公之智，止用朝三 [7]。

【字词解释】

1. 德被：品德遍及；恩覃：恩泽深广。

2. 权衡，这里指称量物体轻重的器具。尺度：这里表示物体的尺寸与尺码。

3. 安邑枣：山西安邑所产之枣。《太平御览》引《广志》："河内汲郡枣，一名虚枣，一名安邑枣。"洞庭柑：南宋韩彦直《橘录》："洞庭柑皮细而味美。比之他柑。韵稍不及。熟最早。藏之至来岁之春。其色如丹。乡人谓其种自洞庭山来。故以得名。"

4. 魏征直谏：唐代政治家魏征以直言敢谏闻名，据《贞观政要》记载，魏征向李世民面陈谏议有五十次，呈送给李世民的奏疏十一件，一生的谏净多达数十余万言。王衍善清谈：西晋王衍以清谈著称，《晋书·王衍传》称："衍既有盛才美貌，明悟若神，常自比子贡。兼声名藉甚，倾动当世。妙善玄言，唯谈《老》、《庄》为事。每捉玉柄麈尾，与手同色。义理有所不安，随即改更，世号'口中雌黄'。朝野翕然，谓之'一世龙门'矣。累居显职，后进之士，莫不景慕放效。选举登朝，皆以为称首。矜高浮诞，遂成风俗焉。"

5. 紫梨：《汉武帝别国洞冥记》卷二记载："涂山之背，梨大如升，或云斗。紫色，千年一花，亦曰紫轻梨。"丹荔：杨贵妃喜食南海荔枝事，参见上平声"十三元"韵部第二组韵对注释。

6. 攘鸡：攘：侵夺、偷窃意。出自《孟子·滕文公下》："今有人，日攘邻之鸡者。或告之曰：'是非君子之道。'曰：'请损之，月攘一鸡，以待来年，然后已。'"

7. 养狙：狙：猕猴。此即成语"朝三暮四"之源，见《庄子·齐物论》："宋有狙公者，爱狙，养之成群，能解狙之意，狙亦得公之心。损其家口，充狙之欲。俄而匮焉，将限其食，恐众狙之不驯于己也。先诳之曰：'与若芧，朝三而暮四，足乎？'众狙皆起而怒。俄而曰：'与若芧，朝四而暮三，足乎？'众狙皆伏而喜。"

【点评】

这是下平声"十三覃"韵部第二组韵对，韵字有"堪"、"覃"、"庵"、"柑"、"惭"、"谈"、"南"、"三"。

这组韵对中出现了四种水果特产：安邑的枣，洞庭的柑，涂山的紫梨，南海的丹荔，很吸引人，只不过除了南海的丹荔和洞庭的柑橘，安邑枣和涂山梨如今已不多见。

十一字对的结构也特别，用了前七后五的句式，内容也很有趣。第一则寓言原是孟子所讲述，是孟子回答宋国大夫戴盈之关于逐渐减轻赋税时临时编的故事，原文最后还有孟子的一句议论："如知其非义，斯速已矣，何待来年？"意思是说，既然知道事情不对，不合乎礼义，就赶紧停下来才是，何必等到来年！由此可知，这是启发人及时改正错误，不要找借口拖延。

庄子所讲"朝三暮四"的故事同样富有智慧的启迪，不妨分别从养猴人和猴子的角度想想，究竟是什么样的启迪？

3

【原文】

中对外，北对南，贝母对宜男¹。

移山对浚井²，谏苦对言甘。

千取百，二为三³，魏尚对周堪⁴。

海门翻夕浪，山市拥晴岚⁵。

新缔直投公子纻，旧交犹脱馆人骖⁶。

文达淹通，已咏冰兮寒过水⁷；

永和博雅，可知青者胜于蓝⁸。

【字词解释】

1. 贝母、宜男皆为中药名，宜男即萱草。

2. 浚：挖掘疏浚，浚井言舜弟象与父母合谋陷害舜之事。《列女传》："象复与父母谋，使舜浚井。舜乃告二女，二女曰：'俞，往哉！'舜往浚井，格其出入，从掩，舜潜出。"

3. 千取百：这是孟子在言及"上下交征利而国危"时说的一段话，见《孟子·梁惠王上》："万乘之国，弑其君者，必千乘之家；千乘之国，弑其君者，必百乘之家。万取千焉，千取百焉，不为不多矣。"二为三：语出《庄子·齐物论》："一与言为二，二与一为三。自此以往，巧历不能得，而况其凡乎？"

4. 魏尚：西汉槐里（今陕西兴平）人，汉文帝时为云中太守。周堪：西汉齐郡人，宣帝时，参与石渠阁会议论定五经，因学识卓异迁太子少傅。

5. 海门翻夕浪：宋代俞德邻《春日苦雨》其一："山窍号风雷破柱，海门翻浪雨飞空。"山市拥晴岚：北宋米芾绘有《山市晴岚图》，元代马致远有散曲《寿阳曲·山市晴岚》。

6. 新缔直投公子纻：缔即缔交，公子指春秋时吴公子季札，投纻指春秋时期公孙侨（字子产）投以纻衣。《左传·襄公二十九年》："吴公子札见子产，如旧相识，与之缟带，子产献纻衣焉。"旧交犹脱馆人骖：脱骖：指解下骖马，以助治丧之用，后指以财助人之急。《礼记·檀弓上》："孔子之卫，遇旧馆人之丧，入而哭之，哀，出使子贡脱骖而赙之。"赙：拿钱财帮助别人办理丧事。

7. 文达即唐代大儒盖文达，《唐书》记载，文达曾从师于经学家刘焯，后来文达淹通（即精通）经史，远胜于刘焯，刺史窦抗感叹："可谓冰生于水而寒于水也。"

8. 永和博雅：北魏藏书家李谧，字永和。《北史·李谧传》记载其 18 岁时，与博士孔璠讨论经学，数年后孔璠却要向他请教疑难，有同门师兄戏之曰："青成蓝，蓝谢青，师何常，在明经。"

【点评】

这是下平声"十三覃"韵部最后一组韵对，韵字是"南"、"男"、"言"、"三"、"堪"、"岚"、"骖"、"蓝"。

典故密集出现，是这组韵对的特点，说来这也并不奇怪，因为前面讲过，在传统诗词中，用典、特别是用一些熟语熟典，是作者与读者之间达成的默契，彼此往往不必解释便足以意会。熟语与熟典蕴含的相对稳定的意义，往往使得作者与读者的交流简化而容易，起到言简意赅的效果。

不过古人觉得容易，那是因为约定俗成，对于今日的读者就未必然了。因为生活内容发生了变化，知识不断地更新，很多历史典故自然就用得少了，所以读者、特别是小读者阅读这一组，或许会觉得有些难度。加之历史故事以对仗形式出现，编者相应作了艺术加工，语序有所调整，读起来未免一时搞不清何意。比如七字对"新缔直投公子纻，旧交犹脱馆人骖"以"新缔"、"旧交"起始，来带起春秋时期季札与子产、孔子与旧馆人的交谊，若不熟悉这些故事，的确不容易从字面上看出其内容。

第十四章

盐

1

悲对乐，爱对嫌，玉兔对银蟾。

醉侯对诗史^1，眼底对眉尖。

风飘飘^2，雨绵绵，李苦对瓜甜。

画堂施锦帐，酒市舞青帘^3。

横槊赋诗传孟德，引壶酌酒尚陶潜^4。

两曜迭明，日东生而月西出^5；

五行式序，水下润而火上炎^6。

【字词解释】

1. 醉侯：好酒善饮者之美称。唐代皮日休《夏景冲淡偶然作》之二："他年谒帝言何事，请赠刘伶作醉侯。"诗史：指唐代诗人杜甫。唐代孟棨《本事诗》："杜逢禄山之难，流离陇、蜀，毕陈于诗，推见至隐，殆无遗事，故当时号为'诗史'。"

2. 飘飘：风。

3. 画堂施锦帐：画堂指有彩画之堂室，也泛指华丽的堂舍。锦帐指华美（锦制的）的帷帐。青帘：旧时酒店门口挂的幌子，多用青布制成，也借指酒家。

4. 横槊赋诗：槊即长矛，孟德即曹操。唐代元稹《唐故检校工部员外郎杜君墓志铭》："曹氏父子鞍马间为文，往往横槊赋诗。"宋代苏东坡《赤壁赋》："酾酒临江，横槊赋诗，固一世之雄也。"引壶酌酒：东晋陶潜之事。陶潜《归去来兮辞》："引壶觞以自酌，眄庭柯以怡颜。"

5. 两曜迭明：两曜：指日、月。迭：交替，轮流。

6. 式序：指按次第、顺序。这一句解释"五行"。《尚书·洪范》："五行：一曰水，二曰火，三曰木，四曰金，五曰土。水曰润下，火曰炎上，木曰曲直，金曰从革，土曰稼穑。"

【点评】

这是下平声"十四盐"韵部第一组韵对，韵字包括"嫌"、"蟾"、"尖"、"绵"、"甜"、"帘"、"潜"、"炎"。

此组韵对涉及历史人物和文化知识不少。人物如醉候刘伶，诗史杜甫，横槊赋诗的曹操，引壶酌酒的陶渊明；文化知识如画堂的锦帐，酒市的青帘，日月两曜，水火五行，这些内容以对仗形式出之，读起来朗朗上口，看起来也对照分明，可谓言简意赅、声韵清朗。

对今人来说，理解阴阳五行是有些困难的，譬如这里的"水下润而火上炎"就不那么好理解。《尚书·洪范》云"水曰润下，火曰炎上"是何意？润下，或解释为水具滋润寒凉、性质柔顺、流动趋下特性，进而引申为水有寒凉、滋润、向下、闭藏、终结等特性。炎上，或解释为炎表示热，上即是向上，"炎上"意味着热情、热烈、外向，高昂等含义。不过，这些解释都不是定论，并非唯一解释，可以借助一些工具书做些了解。

2

【原文】

如对似，减对添，绣幕对朱帘。

探珠对献玉[1]，鹭立对鱼潜。

玉屑饭，水晶盐[2]，手剑对腰镰[3]。

燕巢依邃阁，蛛网挂虚檐。

夺槊至三唐敬德，奕棋第一晋王恬[4]。

南浦客归，湛湛春波千顷净；

西楼人悄，弯弯夜月一钩纤。

【字词解释】

1. 探珠：探骊得珠，参见上平声"七虞"韵部的第一组韵对注释。献玉：《韩非子》有卞和献玉于楚王，《左传》有宋人献玉于子罕（参见下平声"十二侵"最后一组韵对注释）。

2. 玉屑饭：传说中用玉屑做的饭，食之可无疾。唐代段成式《酉阳杂俎·天咫》："因开襆，有斤凿数事，玉屑饭两裹，授与二人，曰：'分食此，虽不足长生，可一生无疾耳。'"旧注引《古事苑》唐人郑仁本游嵩山事作解。水晶盐：明代张岱《夜航船·卷五伦类部》："崔浩论事，语至中夜，太宗大悦，赐浩缥醪酒十斛，水晶戎盐一两，曰：'朕味卿言，若此盐酒，故与卿同此味也。'"

3. 手剑：持剑或击剑。《公羊传·庄公十二年》："仇牧闻君弑，趋而至，遇之于门，手剑而叱之。"何休注："手剑，持技剑叱骂之。"腰镰：腰带镰刀。南朝宋鲍照《东武吟》："腰镰刈葵藿，倚杖牧鸡豚。"

4.夺槊至三唐敬德：旧注引《唐书》解，谓唐将尉迟恭（字敬德）善使槊，帝令与弟齐王戏，敬德三夺其槊。奕棋第一晋王恬：东晋书法家王恬之事，《晋书》记载：王恬"晚节更好士，多技艺，善奕棋，为中兴第一"。

【点评】

这是下平声"十四盐"韵部第二组韵对，韵字包括"添"、"帘"、"潜"、"盐"、"镰"、"檐"、"恬"、"纤"。

未作注释的五字对"燕巢依邃阁，蛛网挂虚檐。"其实很是工巧，也是生活中常见之景。乡村生活中，燕子在屋梁上筑巢，蜘蛛在屋檐下挂网，历代诗人笔下不胜枚举，近人陈三立有《燕巢》诗云："旧燕衔泥绕壁廊，巢痕下上暖斜阳。将雏栖稳黄金屋，影断东风五柳旁。"现代作家许地山也有小说《缀网劳蛛》，以蜘蛛挂网比喻人生。

同样未作注释的还有最后一个十一字对，也很工整，所谓"南浦"、"西楼"，多是古诗文常用词语，送客南浦，观月西楼，同样不胜枚举。这里可注意编者是怎样组织文字来对仗的。南浦对西楼，客归对人悄，湛湛春波对弯弯夜月，千顷净对一钩纤，不可谓不工整，也不可谓不美妙。

3

逢对遇，仰对瞻，市井对闾阎 [1]。

投簪对结绶 [2]，握发对掀髯 [3]。

张绣幕，卷珠帘，石碏对江淹 [4]。

宵征方肃肃，夜饮已厌厌 [5]。

心褊小人长戚戚，礼多君子屡谦谦 [6]。

美刺殊文，备三百五篇诗咏；

吉凶异画，变六十四卦爻占。

1. 闾阎：里巷内外的门，多借指里巷或泛指民间、平民。

2. 投簪：把固冠用的簪子弃下，比喻辞官、弃官。晋代陆机《应嘉赋》："苟形骸之可忘，岂投簪其必谷。"《云笈七签》卷一〇七："粗得山水，便投簪高迈。"结绶：佩系印绶，指出仕为官。《汉书·萧育传》："少与陈咸、朱博为友，著闻当世。往者有王阳、贡公，故长安语曰：'萧朱结绶，王贡弹冠'，言其相荐达也。"

3. 握发：成语"握发吐哺"，意谓洗一次头发，中间三次中止以接待士人；吃一顿饭，中间三次把食物吐出回答士人之问。《韩诗外传》卷三："成王封伯禽于鲁，周公诫之曰：'往矣！子其无以鲁国骄士。吾文王之子，武王之弟，成王之叔父也，又相天下，吾于天下亦不轻矣，然一沐三握发，一饭三吐哺，犹恐失天下之士。'"后以"握发吐哺"比喻礼贤下士，殷切求才。掀髯：启口张须而笑。宋代孙觌《疏山寺次白文林韵三首》其三："掀髯一笑追前谬，礼足同参看此心。"

4. 石碏：春秋时卫国人，以"大义灭亲"著称。江淹：南朝政治家、文学家，有名篇《别赋》，成语"江郎才尽"也出自他。

5. 宵征：夜行。《诗·召南·小星》："肃肃宵征，夙夜在公。"夜饮：《诗经·小雅·湛露》："湛湛露斯，匪阳不晞。厌厌夜饮，不醉无归。"

6. 戚戚：《论语·述而》："君子坦荡荡，小人长戚戚。"何晏集解引郑玄曰："长戚戚，多忧惧。"谦谦：谦逊貌。《易·谦》："谦谦君子，卑以自牧也。"

【点评】

这是下平声"十四盐"韵部最后一组韵对，韵字为"瞻"、"阁"、"髯"、"帘"、"淹"、"厌"、"谦"、"占"。

市井和闾阎意义相近，投簪与结绶意思正好相反，在平仄上却都可以对应。握发与掀髯也是有固定意义的历史典故和熟语，宵征、夜饮更是《诗经》中的语汇，对于一个浸淫于中国诗词传统中的人来说，这些都不会造成阅读障碍，反而时时萌发出会心的笑意。七字对"小人长戚戚"前面的"心褊"意思是心胸狭隘，这正是造成"长戚戚"的原因，第二句是说君子之所以注重礼仪那是因为内心的谦逊。

最后的十一字对也是关于中国古代文化的，第一句中"殊文"指不同形体的文字，意思是诗三百诸体具备，有赞美的，也有批评的。第二句说的是关于周易八卦的内容，意思是六十四卦分别以不同的图案象征吉凶。

第十五章 咸

1

【原文】

清对浊，苦对咸，一启对三缄[1]。

烟蓑对雨笠，月榜[2]对风帆。

莺睍睆[3]，燕呢喃，柳杞对松杉。

情深悲素扇，泪痛湿青衫[4]。

汉室既能分四姓，周朝何用叛三监[5]。

破的而探牛心，豪矜王济[6]；

竖竿以挂犊鼻，贫笑阮咸[7]。

【字词解释】

1.三缄：指成语三缄其口之事，与"一启"对应。"一启"意为启齿、张口。汉刘向《说苑·敬慎》："孔子之周，观于太庙，右阶之前，有金人焉。三缄其口，而铭其背曰：'古之慎言人也，戒之哉，戒之哉！无多言，多言多败。'"

2.榜：原意船桨，借指船。"月榜"与风帆对应，意谓月夜之船。

3.睍睆：《诗·邶风·凯风》："睍睆黄鸟，载好其音。"毛传解释"睍睆"为"好貌"。朱熹解释"睍睆"为"清和圆转之意。"

4.素扇：西汉成帝刘骜的妃嫔班婕妤有《团扇歌》（又名《怨诗》）："新裂齐纨素，皎洁如霜雪。裁为合欢扇，团团似明月。出入君怀袖，动摇微风发。常恐秋节至，凉飙夺炎热。弃捐箧笥中，恩情中道绝。"借以表露受冷落的幽微心理。青衫：唐代诗人白居易曾被贬官江州司马，闻琵琶女弹奏琵琶引发内心悲伤，故在《琵琶行》中有"座中泣下谁最多，江州司马青衫湿"之句，后来文人常用此典故表示因内心痛苦而伤心流泪。

5. 四姓：旧注引《汉纪》作解："尚书以上为甲姓，九卿方伯为乙姓，散骑常侍大中大夫为丙姓，吏部正员郎为丁姓。"三监：周武王灭商后，封商纣王之子武庚于商都，分别由武王的三个弟弟管叔鲜、蔡叔度、霍叔处去统治并监督武庚，总称三监。后武王死，成王年幼，周公摄政，管蔡二叔却与武庚联合东夷发动叛乱。

6. 这一句用典，用的是东晋时期王恺与王济打赌射牛之典，即成语一发破的之故事。《晋书·王济传》："恺亦自恃其能，令济先射，一发破的。"

7. 这一句用西晋文学家、竹林七贤之一阮咸（字仲容）曝裈之典。《世说新语·任诞》记载："阮仲容步兵居道南，诸阮居道北；北阮皆富，南阮贫。七月七日，北阮盛晒衣，皆纱罗锦绮。仲容以竿挂大布犊鼻裈于中庭。人或怪之，答曰：'未能免俗，聊复尔耳。'"布犊鼻裈，亦称犊鼻裈，指一种形似牛鼻子的短裤或围裙，阮咸竹竿晒这种穷人的衣服，且说："不能免俗，姑且也晒晒吧！"恰恰表示了他的真潇洒。

【点评】

这是下平声"十五咸"第一组韵对，韵字有"咸"、"缄"、"帆"、"喃"、"杉"、"衫"、"监"、"咸"。

除了开头的清浊对应、苦咸对应以及个别两字对，其他韵对中都含有较生僻的字词和久远的典故，给阅读造成了障碍，然从学习、了解传统文化的角度却又可以广见闻、长知识，把这些文字、典故方面的困难克服后，再从声律角度分析，又会看出编者的用心良苦。

王济"一发破的"的故事，其实还有一个背景，即以射牛为赌的两人（王恺与王济）都是当时的豪门贵族，"八百里䮫"便是王恺的一头好牛，二人射箭比赛拿它作为赌注，王恺自以为能赢，让王济先射，没想到王济竟然"一发破的"而赢得这头牛。王济还当即命人把牛杀死，剖牛心而食之，令王恺十分沮丧。所以句中用了"豪矜"形容王济，豪矜亦作矜豪，乃倨傲豪纵之意。而阮咸曝裈的故事，则重点突出表现阮咸不以贫穷为意反能自嘲讽世的机智，故曰"贫笑阮咸"。

2

【原文】

能对否，圣对贤，卫瓘对浑瑊[1]。

雀罗对鱼网，翠巘对苍崖[2]。

红罗帐，白布衫，笔格对书函[3]。

蕊香蜂竞采，泥软燕争衔。

凶孽誓清闻祖逖，王家能乂有巫咸[4]。

溪叟新居，渔舍清幽临水岸；

山僧久隐，梵宫寂寞倚云岩。

【字词解释】

1. 卫瓘：字伯玉，三国时期曹魏将领，西晋时重臣、书法家。浑瑊：本名日进，唐朝名将。

2. 翠巘：青翠的山峰。苍崖：或为苍岩。

3. 笔格：笔架、笔搁，即架笔之物。南朝梁吴筠《笔格赋》："幽山之桂树……翦其片条，为此笔格。"书函：此处指线装书的函套。

4. 凶孽誓清闻祖逖：指东晋大将祖逖统兵北伐，渡江中流，拍击船桨，立誓收复中原之事。后以"誓清"指立誓清除敌人。《晋书》卷六十二《祖逖列传》："中流击楫而誓曰：'祖逖不能清中原而复济者，有如大江！'辞色壮烈，众皆慨叹。"王家能乂有巫咸：据传巫咸乃商代太戊帝的国师，用筮占卜的创始者，也是著名的占星家。乂：治理。《史记·殷本纪》："巫咸治王家有成，作《咸乂》，作《太戊》。"

【点评】

这是下平声"十五咸"韵部第二组韵对，韵字包括"贤"、"瑊"、"巇"、"崖（岩）"、"衫"、"函"、"衔"、"咸"、"岩"。

七字对中的"誓清"和"能乂"两条，各自涉及东晋历史人物军事家祖逖和传说中的巫咸。祖逖誓清，突出的是其立誓收复中原的豪气，与此相关的一个成语"中流击楫"就是指这件事。另外祖逖少年有大志，中夜闻鸡鸣，起而舞剑，因有"闻鸡起舞"成语流传下来。巫咸以贤臣的身份帮助治理王家（王室），突出的是他的"能乂"，乂即治理之意。

未作注释的两则对仗更见风致。"蕊香蜂竞采，泥软燕争衔"，一写蜜蜂竞相采蜜，一写春燕争衔软泥，端的是一派盎然的气象。采蜜储粮是蜜蜂的工作，衔泥筑巢是燕子的工作，工作着是快乐的，这该是蜜蜂和燕子的哲学。

最后的十一字对写的是人：溪边老者在清幽的临水之岸营造的新居，山前禅师于清寂的云岩之侧久隐的梵宫。无论是凡间的渔翁，还是佛寺的僧人，给人的感觉都是和平与安宁！

3

【原文】

冠对带，帽对衫，议鲠对言谠[1]。

行舟对御马，俗弊对民岩[2]。

鼠且硕，兔多毚[3]，史册对书缄[4]。

塞城闻奏角，江浦认归帆。

河水一源形弥弥，泰山万仞势岩岩[5]。

郑为武公，赋缁衣而美德[6]；

周因巷伯，歌贝锦以伤谗[7]。

【字词解释】

1. 卫议鲠、言谠：犹言鲠议、谠言。议鲠：刚直的议论。唐代吴兢《贞观政要·论求谏》："朕虽不明，幸诸公数相匡救，冀凭直言鲠议，致天下太平。"

2. 俗弊：犹言陋习。《唐会要》卷二十六："何以革兹俗弊，当纳之轨物。"民岩：指民众中的不同见解，亦即民意或民愿。《尚书》："王不敢后，用顾畏于民岩。"民国时期安徽有《民岩报》。

3. 鼠且硕，兔多毚：这两则对仗均用《诗经》之典。《诗经·硕鼠》："硕鼠硕鼠，无食我黍。"《诗经·巧言》："跃跃毚兔，遇犬获之。"毚：狡猾。

4. 缄：书信。

5. 弥弥：水深且满，《诗·邶风·新台》："新台有泚，河水弥弥。"岩岩：高大、高耸貌，《诗经·鲁颂·闷宫》："泰山岩岩，鲁邦所瞻。"

6. 这句意思是：郑国人为郑武公赋诗《缁衣》而歌颂他的美德。《缁衣》

为《诗经·郑风》中的诗，宋代朱熹《诗集传》谓："旧说，郑桓公、武公，相继为周司徒，善于其职，周人爱之，故作是诗。

7. 巷伯：寺人、宦官。《毛诗序》："《巷伯》，刺幽王也，寺人伤于谗，故作是诗也。巷伯，奄官兮。"歌贝锦以伤谗：《巷伯》为《诗经·小雅》中的诗，其中有"萋兮斐兮，成是贝锦。彼谮人者，亦已大甚。"由此形成成语"贝锦萋菲"。意思是说：巷伯因为遭到造谣者中伤，愤而作诗谴责"谮人"那些像"贝锦"的迷惑人的漂亮言辞。

【点评】

这是下平声"十五咸"韵部最后一组韵对，韵字为"衫"、"馋"、"岩"、"巉"、"缄"、"帆"、"岩"、"馋"。

此组韵对出自《诗经》的典故、词语不少，《硕鼠》、《巧言》、《新台》、《闷宫》、《缁衣》、《巷伯》，多达六首，这几首诗，多数不为今人所熟悉，正好通过这些对仗来做些了解。另外，像"鲠议"、"民岩"、"书缄"这类词在今天也较为生僻，但在古代却是常用词汇。

"塞城闻奏角"一句，如果不加注释，不知读者可否意会到其含义？塞城即边塞险要之城，角即画角，古时军中多用以警昏晓，振士气，肃军容。塞城奏角，正是此意。唐代李贺《雁门太守行》有句："角声满天秋色里，塞上燕脂凝夜紫。"说的也是这样的背景。"江浦归帆"也是古代诗文常用词语或画意，如元代画家赵仲穆便有《江浦归帆图》。

图书在版编目（CIP）数据

声律启蒙今读 / 车万育撰；子张评注. -- 杭州：
浙江大学出版社，2020.12
　（状元阁蒙学丛书）
　ISBN 978-7-308-20586-3

　Ⅰ．①声… Ⅱ．①车… ②子… Ⅲ．①诗词格律－中
国－启蒙读物②《声律启蒙》－注释 Ⅳ．①I207.21

中国版本图书馆CIP数据核字(2020)第174886号

声律启蒙今读

〔清〕车万育　撰　子张　评注

责任编辑	王荣鑫	
责任校对	吴　庆	
装帧设计	项梦怡	
出版发行	浙江大学出版社	
	（杭州市天目山路148号　　邮政编码　310007）	
	（网址：http://www.zjupress.com）	
排　　版	杭州林智广告有限公司	
印　　刷	浙江印刷集团有限公司	
开　　本	880mm×1230mm　1/32	
印　　张	8.5	
字　　数	228千	
版 印 次	2020年12月第1版　2020年12月第1次印刷	
书　　号	ISBN 978-7-308-20586-3	
定　　价	38.00元